£14.00

Le opere di Dio

Giuseppe Berto

Le opere di Dio

Edited by Robert J. Rodini
University of Wisconsin, Madison

Houghton Mifflin Company
Boston
Atlanta
Dallas
Geneva, Illinois
Hopewell, New Jersey
Palo Alto
London

For Elizabeth and Mark

Cover photo: COMPIX/United Press International, Inc.

Le opere di Dio is reprinted by permission of the author.

Printed in the U.S.A.
Library of Congress Number: 75-39907
I.S.B.N.: 0-395-13399-8

PREFACE

This edition of *Le opere di Dio* has been prepared for use in the second year of Italian language study at the college level, and may be used in either the third or fourth semester. It is also suitable for use in the third and fourth year of language study at the secondary school level.

The annotations and the end-vocabulary are designed for students who have had one year of language training with a minimum exposure to written, literary Italian. Facing-page annotations which explain unusual words and constructions are, in most cases, in simple Italian, with an abundance of familiar or readily recognizable synonyms to help students do as much work as possible in the target language. English has been used when a simple explanation in Italian was not possible. Content questions which can be used to check comprehension are also found on the facing pages. In addition, the end-of-chapter exercises include a number of questions which are broader in scope and can be used as the basis for more extensive discussion and conversation practice.

The end-of-chapter grammar exercises are structured to provide a general review of first-year grammar, including verb tenses and moods, pronouns and prepositions, and a variety of special constructions which are used with particular frequency in spoken and written Italian: the impersonal, the partitive, and forms of *piacere,* for example. New words and useful idioms chosen from the text are incorporated into these exercises and used in a variety of ways to enrich the student's vocabulary. The grammar exercises for Chapters VI and XI are a general review of grammar points covered in the preceding chapters.

Le opere di Dio is an ideal text for the beginning reader because of the relative simplicity of the language, the frequent repetition of vocabulary and constructions, and Berto's uncomplicated, linear narrative style. The brevity of the novel also makes it suitable for use along with a review grammar.

This edition of *Le opere di Dio* is complete. No changes have been made in the text.

iNTROduCTiON

Italy's reputation abroad, particularly in the field of literature and
cinematography, has been due in great measure to the vitality of its
cultural life during the years immediately following World War II.
The development in postwar Italy of new cinematic techniques, for
example, brought the country's film industry to world-wide attention: films such as Roberto Rossellini's *Roma, città aperta (Open
City)* and Vittorio De Sica's *Ladri di biciclette (Bicycle Thief)* were
enthusiastically hailed as landmarks in a cinematic avant-garde which
insisted upon honesty and objectivity in depicting the daily lives of
people struggling for survival in a country devastated by war. The
new generation of film makers chose a pseudo-documentary style
and used movies for social commentary. The passing of time has
shown, moreover, that these films were more than occasional com-
mentaries on one nation's problems in the years immediately following a major war: today, they are still significant and timely, for they
transcend the historical moment in their scrutiny and compassionate
understanding of the human predicament.

In a similar way, the literary scene of postwar Italy was dominated
by a style of writing which attempted an objective depiction of
reality. Thematically, writers, too, were concerned with the victims
of war, the humiliation of all people by the forces of destruction,
and, not infrequently, the capacity of bitter and disillusioned individuals to survive despite the most difficult and tragic circumstances.
Novelists, like film makers, chose to portray the ruin of human lives
and institutions in a way which would assure immediacy and emotional impact. To do so, they avoided lengthy descriptive passages,
attempts to probe human motivations and discussions of moral questions; instead, they used a straightforward, documentary style of almost journalistic simplicity. The social and personal messages of the
author did not have to be spelled out; the human fact, the human
story would speak for itself and reveal the burden of our existence.
This neo-realistic style, as it is called, sacrificed fantasy to reality
and experience. The results at times attained a high degree of poetry,
with a language that was epic, almost biblical in tone, and with fic-
tional situations that became allegories for the eternal human condi-
tion. It is in this way that we can describe Giuseppe Berto's *Le opere
di Dio,* written during the author's confinement in an American
prisoner of war camp, in Texas, from 1943-46.

With his customary ironic humor, apparent in his essays and an essential element of his later novels, Berto suggests that from birth he was inevitably linked with disaster and suffering. For example, he states in an autobiographical essay that he was born under the "unfavorable" sign of Capricorn like Joseph Stalin and the French artist, Paul Cézanne, in 1914, just as World War I was starting.[1] Berto's childhood, though comfortable, served to crystallize the view of the world later represented in his writings: a chaotic world of guilt-ridden individuals doomed to suffer and endure an absurd existence. His childhood was one of rigidly imposed restrictions, in part responsible for later neuroses which were to cause Berto great suffering and, paradoxically, were to be the source of some of his most interesting prose. As a youth, he lived in Mogliano, Veneto, a provincial town just north of Venice. His father, the proprietor of a hat and umbrella shop, sent Berto to a school run by the Salesian order and then to a *liceo* in Treviso, a city near Mogliano. Apparently Berto disliked formal schooling and soon volunteered for military duty in Ethiopia, where he was stationed for four years. He later attended the University of Padua, had a brief career as a teacher, and soon after Italy entered World War II, enlisted in the army and was sent to North Africa. In May, 1943, Berto was taken prisoner and eventually confined in an American prisoner of war camp in western Texas. During this period of his life—1943-46—he befriended several fellow prisoners, among them some Italian intellectuals who encouraged his interest in writing and helped launch his literary career. In the camp he also became acquainted with the works of Steinbeck and Hemingway, whose influence on Berto has frequently been noted by critics and whose importance in his development as a writer is readily acknowledged by Berto himself. His "American period," as he calls his years in prison, saw the development of the author's neo-realistic style in two works, *Le opere di Dio* and a lengthy novel entitled *La perduta gente (The Lost People)*, renamed *Il cielo è rosso (The Sky is Red)* for publication.

Il cielo è rosso was published in 1947, a year after Berto's release from the internment camp. For this work, he received critical acclaim both in Italy and abroad. *Il cielo è rosso*, a moving account of several children and their struggle for survival in a bombed-out city, was awarded one of Italy's most important literary prizes, the Premio Letterario Firenze. Soon after, Berto published *Le opere di Dio* (1948) and another neo-realistic novel, *Il brigante (The Brigand)* (1951).

Berto's concern for representing in his novels the human experience and "reality" has remained constant since the 1940's and early 1950's, although his style and the reality with which he deals in his later works are no longer those of the neo-realistic period. During a time of severe

[1]"L'inconsapevole approccio," which prefaces the last Italian edition of *Le opere di Dio* (Milan: Nuova Accademia, 1965), p. 15.

emotional crisis and lengthy sessions in psychoanalysis, Berto's attention shifted from the concern for universal suffering and a common sense of guilt to his own personal situation and the interior reality of the human psyche. Nevertheless, he has always remained a realistic writer. However, his more recent novels treat the reality of the id, the internal person, rather than social and political themes.

The narrative style with which he chose to probe the interior world of the human psyche resembles what is generally known as "stream of consciousness," the recording of thoughts and feelings without any apparent logic. Berto's technique, which he calls "associative discourse," is based on the clinical methods employed by psychoanalysts, wherein by free association and seemingly illogical discourse, truths regarding the inner self are revealed—the whole carefully controlled by the writer in order not to fall into insignificant wordiness. The author becomes both patient *and* analyst, verbalizing and selecting what is meaningful.[2] *Il male oscuro (Incubus)* (1964), an autobiographical novel that Berto's analyst encouraged him to write, examines the author-narrator's inner feelings, sexual frustrations, and personal relationships. It won immediate success and was awarded two literary prizes. A later novel, *La cosa buffa (Antonio in Love)* (1966), also autobiographical but narrated in the third person, probes the adolescent psyche, burdened with guilt feelings, frustrations, and a sense of living in chaos. In these later works, however, just as in his early neo-realistic novels, one senses that constant striving for peace and equilibrium, order and certainty, which are just beyond mankind's grasp. This yearning for the transcendental is strikingly revealed in his recent play, *La passione secondo noi stessi (The Passion According to Ourselves)* (1972).

Not without justification, *Le opere di Dio* has been called a modern allegory in which the characters, a family of Italian peasants, represent all people victimized by war and forces beyond their comprehension and control. Though the author sets the action of the novel in Northern Italy during World War II, the historical moment is of limited importance. The war could be any war, as it moves over the land like an unavoidable pestilence. By extension, too, this war could be any of life's trials resulting from the natural course of events and happenstance. What is important is the portrayal of the individual and the family in the face of adversity. They are unable to understand but ultimately able to survive.

As the novel begins, Filippo Mangano, the senior member of the family, has long since given up his role as head of the household: embittered by life, he has taken refuge in alcohol. Alienation from

[2] A full discussion of Berto's narrative technique may be found in Aleramo P. Lanapoppi, "Immanenza e trascendenza nell'opera di Giuseppe Berto," *Modern Language Notes,* LXXXV (1970), 42-66; LXXXVII (1972), 78-104, especially pp. 81-84.

his family is almost complete. He communicates only with his small grandson, in whom he can still perceive an innocence not yet scarred by life's misfortunes and a gentleness not yet corroded by world-weariness and antagonisms. And not dissimilarly, he sees in his daughter Effa a goodness and capacity for love that he can never hope to attain. Consequently, he senses in her a superiority which stands between them and creates a world of silence. The theme of aspiration to the transcendental in Berto's later novels is present here in the simple longing of the father to become a compassionate and loving human being in the eyes of his child.

War descends upon the family, first discernible as no more than the distant rumblings of cannon fire and flashes of light as bombs explode in the air; then, as troops approach, the Mangano family is instructed to take their belongings and leave. Thus begins the exodus: the peasants, like the millions of refugees in history before them, leave land and home with a simple cartload of essentials. The narrative is starkly simple. Description and dialogue are kept to a minimum. The focus is on the quiet determination of the family to salvage only those possessions that will sustain them physically or serve as a link with their past.

The novel develops as a series of vicissitudes, climaxing in the death of the old man. He does not die as a hero—heroism is alien to these people—but in a mine field in an almost absurd and certainly meaningless way—first tripping over a barbed wire fence, then stepping onto a mine and dying violently together with a favorite pig.

The death of the old man, the clandestine departure of Effa in search of a young soldier whom she loves, and, finally, the burning of the family home by the advancing forces, prompts the mother to question the meaning of existence and to doubt the possibility of justice. She realizes that mankind's only relief from suffering is mutual compassion and understanding and, thus, determines to go in search of Effa to show the understanding of which she had been incapable earlier. But the essential loneliness of the individual is underscored when, at the close of the novel, in a desperate attempt to bid farewell to her son, the mother's open show of affection is rebuffed. Nino, unaware that he may be seeing his mother for the last time, leaves, embarrassed and disgusted by her caresses. Her poignant final words to her daughter-in-law—"Ma non ha capito, Rossa. Non ha capito."—will be echoed in Berto's later works in which the bonds of human affection and commiseration continue to be vital to the emotional stability of the individual.

R.J.R.

bibliography

Works by Giuseppe Berto

NOVELS AND NOVELLAS

Il cielo è rosso. Milan: Longanesi, 1947. Milan: Rizzoli, 1969.

Le opere di Dio. Rome: Macchia, 1948. Milan: Nuova Accademia, 1965.

Il brigante. Turin: Einaudi, 1951. Milan: Longanesi, 1961.

Il male oscuro. Milan: Rizzoli, 1964.

La fantarca. Milan: Rizzoli, 1965, 1968.

La cosa buffa. Milan: Rizzoli, 1966.

Oh, Serafina! Milan: Rusconi, 1973.

PLAYS, DIARIES, SHORT STORIES AND ESSAYS

Guerra in camicia nera. Milan: Garzanti, 1955, 1969.

Un po' di successo. Milan: Longanesi, 1963.

L'uomo e la sua morte. Brescia: Morcelliana, 1964.

Modesta proposta per prevenire. Milan: Rizzoli, 1971.

La passione secondo noi stessi. Milan: Rizzoli, 1972.

Abbreviazioni:

agg.	aggettivo
es.	esempio
f.	femminile
m.	maschile
n.	nome
n.b.	nota bene
pl.	plurale

Le opere di Dio

Gesù rispose: "Né lui né i suoi
genitori hanno peccato, ma era
necessario che fossero manifestate
in lui le opere di Dio."

Gospel according to John, Ch. IX

contadino   chi lavora la terra, agricoltore

Riva — Luogo, posto immaginario situato nell'Italia settentrionale.

ubriaco   alterato dal vino o dai liquori alcoolici

accadere   derivare da cause, succedere

d'altronde   in ogni modo

prevedere   anticipare

avvenire   accadere, succedere

minore   più giovane

la Rossa — Frequentemente in italiano l'articolo determinativo precede il nome di battesimo o il cognome. Es. Avete visto la Bianca? Sì, l'abbiamo vista stamani con il Falconieri.

fattoria   insieme di casa, edifici e terra di un contadino

mietere   tagliare il grano o altri cereali

dai Ceschina   alla fattoria della famiglia Ceschina

trattarsi   to be a matter (question) of

frumento precoce   grano che matura prima del tempo

raccolto   i frutti o i prodotti agricoli che si ottengono da un terreno

al sicuro   dove non c'è possibilità di danno

pericolo   azzardo, stato in cui c'è da temere danno

grandine   hail

inondazione   flood

Del resto   e poi, per altro

convenire   fare un patto di comune accordo

aiutarsi a vicenda   aiutarsi l'un l'altro

assieme a   insieme con

cogliere   prendere un frutto o un fiore dalla pianta

piselli   peas

cesto   contenitore

vendemmia   raccolto della frutta (specialmente dell'uva) matura

quella   pronome dimostrativo che si riferisce all'idea

accanto a   vicino a

vigna   terreno dove matura l'uva

in fila   l'uno dietro l'altro

proprio allora   in quello stesso periodo, tempo

venivano maturandosi   stavano per diventare maturi

paglia   straw

scottare   portare danno con fuoco o cosa calda, bruciare

1   Chi era Filippo Mangano?
2   Come era stato il giorno per lui?
3   Perché erano andati dai Ceschina il suo figlio minore e la Rossa?
4   Che cosa stava facendo nel campo Filippo Mangano?
5   Quale idea aveva avuto la Rossa?

UNO

Anche quella sera il contadino della Riva, che si chiamava Filippo Mangano, finí per essere un po' ubriaco. Questo gli accadeva quasi sempre, e d'altronde sarebbe stato difficile prevedere le cose che avvennero in quella sera e nella notte che seguí. Per Filippo Mangano il giorno era stato come tutti gli altri giorni, con la sola differenza che il suo figlio minore Nino e la Rossa si trovavano fuori casa, nella fattoria dei Ceschina.

Avevano già cominciato a mietere, dai Ceschina. Si trattava di frumento precoce, ma c'era anche il fatto che loro erano preoccupati di mettere il raccolto al sicuro. Cercavano di salvarlo, come se si fosse trattato di un pericolo sul tipo della grandine o dell'inondazione. Cosí avevano fretta, e la Rossa e il figlio Nino erano andati ad aiutarli. Del resto, in questo modo era stato convenuto fra di loro, di aiutarsi a vicenda.

Egli invece, Filippo Mangano, assieme alla moglie e alla figlia Effa e al piccolo nipote, stava nel campo a cogliere piselli coi cesti della vendemmia.

Era stata un'idea della Rossa quella di piantare un campo di piselli accanto alla vigna, quasi davanti alla casa. Un intero campo, tutto di piselli piantati in fila. E proprio allora venivano maturandosi quei piselli, cosí che essi erano andati a coglierli, coi cesti da vendemmia. Avevano in testa larghi cappelli di paglia per il sole che scottava. Anche il piccolo nipote aveva in testa un largo cappello di paglia che gli arrivava fin sotto le orecchie, non essendo stato fatto precisamente per lui.

4   **combinare**   fare

ormai   a questo punto

l'aveva ereditato — N.b. la ripetizione del complemento oggetto: tutto il resto.

furbo   astuto

folto   denso

rado   *opposto di* "folto"

paio   coppia di cose simili

recarsi   andare

vuotare   levare tutto quello che c'è dentro

granaio   *granary*

bilanciare   mantenere in equilibrio

spalla   parte superiore del tronco, corpo umano

asta ricurva   un bastone lungo e curvo che serve a bilanciare cesti, ecc., sulle spalle

sosta   pausa

riposarsi   ristorarsi, rinfrescarsi, interrompendo il lavoro

filare (n.)   una fila, cose messe una dopo l'altra sulla medesima linea

staccare   rimuovere, separare cose attaccate

baccello   *(pea) pod*

gettare   *to throw*

veniva tirandosi dietro   tirava dietro di sé

strappare   staccare

buttare   gettare, lanciare con forza

sommità   la parte più alta

Non sono fatti   (i piselli) non sono maturi

grosso   grande

raccolta   atto di raccogliere

riprendere   cominciare di nuovo

brontolare   lamentarsi a voce bassa

Quel sacramento di tua madre   quella tua madre maledetta

lui...Rossa   era sempre un po' adirato, offeso con la Rossa

faceva da padrona   comandava, dava gli ordini

da quando   dal giorno in cui

maggiore   più vecchio

Anzi   di più

l'avesse...storia   avesse inventato quello che diceva

1   Come si chiamava il piccolo nipote di Filippo Mangano? Quanti anni aveva?
2   Che cosa aveva ereditato dalla madre?
3   Come erano piantati i piselli?
4   Dove vuotavano i cesti pieni di piselli?
5   Chi aiutava il vecchio a staccare i baccelli?
6   Perché il vecchio Filippo ce l'aveva con la Rossa?
7   Dove era andato il figlio maggiore?

Secondo Filippo Mangano, quel piccolo nipote era l'unica cosa buona che la Rossa avesse combinato da quando stava alla Riva. Era un bambino ormai nel suo quarto anno, che aveva ereditato il nome del nonno, Filippo Mangano. Tutto il resto invece l'aveva ereditato dalla madre, i capelli carota e gli occhi furbi e un carattere ostinato.

I piselli erano dunque piantati in lunghe file, e le foglie in alto erano folte e verdi, e in basso rade e gialle. Fin dal primo mattino essi erano andati lungo le file cogliendo piselli, e quando un paio di cesti erano pieni, qualcuno si recava a vuotarli nel granaio, bilanciandoseli sulla spalla con un'asta ricurva. Tutto il giorno così, con una breve sosta nell'ora più calda, per mangiare e riposarsi.

Però, ancor molto prima di sera, la moglie e la figlia Effa erano rientrate in casa, lasciando nel campo dei piselli il vecchio Mangano col piccolo nipote. Il vecchio andava avanti lungo un filare e staccava i baccelli, e quando ne aveva una mano piena li gettava in un cesto che veniva tirandosi dietro. Il piccolo lo seguiva e strappava i baccelli lasciati indietro dal nonno e andava a buttarli nel cesto. Non tutti, naturalmente, perché era piccolo e non arrivava alla sommità delle piante. Ma quelli che poteva li strappava e li buttava nel cesto.

— No, questi, — diceva il vecchio. — Non sono fatti ancora. Devono diventar grossi. — Si fermava per guardare il bambino severamente.

E il bambino si fermava, e guardava il vecchio con meraviglia. E poi diceva: — Sono grossi — e continuava la sua raccolta.

Il vecchio egualmente riprendeva il lavoro brontolando. — Quel sacramento di tua madre, — brontolava. Perché lui ce l'aveva un po' con la Rossa che faceva da padrona alla Riva, da quando suo figlio maggiore era andato in Germania. Anzi lui era sicuro che la Rossa l'avesse tirata fuori apposta quella storia della Germania, benché tutti dicessero che se

6

affrettarsi fare presto, rapidamente
tedesco nativo della Germania
richiamare far ritornare
pesante *opposto di* "leggero"
si era mossa *trapassato prossimo di* "muoversi"
da mezzogiorno dal sud
folata soffio di aria
pigro lento
fermo che non si muove
non . . . pieno quando pensò che un cesto fosse sufficientemente pieno
stabilire (di) decidere, determinare
avviarsi mettersi in via, incamminarsi
a confine di al limite di, all'estrema linea di
fosso canale, scavo, spesso per l'irrigazione dei campi
asciutto privo di acqua
gaggia *acacia tree*
selvatico non coltivato
ciliegio *cherry tree*
noce (m.) *nut tree*
erba *grass*
si tolse *passato remoto di* "togliersi"
mettersi a cominciare, iniziare
strillare gettare grida acute, gridare
Tuttavia non di meno
gli rincresceva gli dispiaceva
messo *participio passato di* "mettere"
collo la parte superiore e ristretta di un fiasco o di una bottiglia
ferro smaltato *enameled iron*
rovesciato capovolto, inverso
dissetarsi levarsi la sete
bevve *passato remoto di* "bere"
versare far uscire da un recipiente il suo contenuto. *Es.* Mi ha versato un
  bicchiere di quel buon vino toscano.
un dito misura della larghezza d'un dito, un po'

1 Perché era andato in Germania il figlio maggiore?
2 Perché era pesante il lavoro dei piselli?
3 Perché sembrava così lungo il giorno?
4 Che cosa c'era a confine della terra di Filippo Mangano?
5 Che cosa si tolse il vecchio, quando si sedette sull'erba? Perché?
6 Per quale motivo si era recato in quel posto Filippo Mangano?
7 Com'era il vino? Perché il vecchio non voleva darne al bambino?

suo figlio non si affrettava ad andare a lavorare coi tedeschi, l'avrebbero poi richiamato, e allora sarebbe stato peggio.

Quel lavoro dei piselli era pesante, perché faceva caldo. Nei giorni precedenti l'aria si era mossa da mezzogiorno in folate pigre e pesanti, ma adesso era proprio ferma, e il giorno non voleva finire. Cosí, non appena giudicò un cesto sufficientemente pieno, il vecchio Mangano stabilí di sospendere il lavoro per qualche minuto. Si avviò verso l'estremità del campo, dove a confine della sua terra c'era un fosso asciutto, con degli alberi piantati da una parte e dall'altra, gaggie selvatiche e anche ciliegi e noci.

Il piccolo bambino lo seguí, e quando il vecchio si sedette sull'erba anche lui si sedette sull'erba. Come fu seduto, il vecchio si tolse il grande cappello di paglia e cominciò ad agitarselo davanti al viso per farsi fresco. Poi decise di togliere il cappello di paglia anche al bambino, ma il bambino si mise a strillare, e cosí dovette lasciarlo in pace. Tuttavia gli rincresceva che tenesse il cappello in testa.

Il vecchio aveva caldo e aveva sete, e non senza motivo era andato in quel posto, all'estremità del campo. Messo al fresco tra l'erba, vicino al tronco di un albero, c'era il fiasco del vino, con sopra il collo una tazza di ferro smaltato rovesciata. Era un vino non molto forte, adatto per dissetarsi durante i lavori. Il vecchio tolse la tazza, quindi bevve direttamente dal fiasco, e il bambino lo guardava con grandi occhi nella faccia piena. Il vecchio si pulí la bocca con un gesto lento della mano, e il bambino sempre guardava e aspettava. Allora il vecchio versò un dito di vino nella tazza, e lo mostrò al bambino, — Te lo dò, — disse, — se ti togli il cappello.

— No, — disse il bambino.

— Allora niente, — disse il vecchio.

Per un poco il bambino guardò il vecchio, con aria preoccupata. Poi si tolse il cappello. Cosí il vecchio gli diede la tazza, ed egli la

ingordamente voracemente
si rimise *passato remoto di* "rimettersi"
proprio precisamente
in certo qual modo in un certo senso
essere orgoglioso di avere vanto e onore (di qualcosa o di qualcuno)
a questo proposito su questo argomento, discorso
tetto copertura di un edificio
scuro non chiaro. *Es.* Il giallo è un colore chiaro, mentre il vermiglio è scuro.
macchia d'alberi piccolo bosco o gruppo di alberi
al di là nella distanza
giunco tipo di erba o pianta che cresce lungo il fiume
vite (n.f.) pianta il cui frutto è l'uva
oltre dall'altra parte
cicala insetto che vive sulle piante e che produce un rumore insistente; *cicada*
sdraiarsi mettersi a giacere, stendersi, allungarsi
ramo parte di una pianta o di un albero che produce foglie e fiori
stendersi allungarsi
stette *passato remoto di* "stare"
sonnolenza lo stato fisico di uno che ha molto sonno
torpore sonnolenza molto pesante
Rumori...giorni suoni che tutti sentivano da vari giorni
riguardo a ciò rispetto ai rumori
neppure nemmeno
uomo da preoccuparsi *a man to worry*
Aveva...guerra aveva combattuto in un'altra guerra
influire influenzare
Malgrado a dispetto di, nonostante

1 Quando si sentì più ottimista il vecchio?
2 Cosa vedeva davanti a sé il bambino?
3 Che rumori si sentivano da lontano?
4 Perché il vecchio non se ne preoccupava?
5 Che cosa aveva fatto per molti anni?

prese con le due mani e bevve ingordamente. Subito si rimise il cappello in testa.

— Quel sacramento di tua madre, — disse il vecchio. Tuttavia non era proprio cosí che pensava, e in certo qual modo era orgoglioso di quel piccolo nipote. Perciò bevve ancora dal fiasco. Per due volte bevve, e si sentí piú ottimista.

— Quando tornerà tuo padre, — disse — le cose andranno meglio.

Il bambino non aveva niente da dire a questo proposito. Seduto per terra, egli guardava davanti a sé. E vedeva un poco di tutte le cose, il campo dei piselli, il tetto rosso scuro della casa, qualche macchia d'alberi lungo il fiume, e i monti al di là. Una volta, col nonno, era arrivato fino al fiume, a prendere i giunchi per le viti. Oltre il fiume non era mai andato.

Una cicala riprese a cantare su qualche albero, dall'altra parte del fosso, e il vecchio si sdraiò sull'erba. Un ramo si stendeva in alto, sopra di lui, ma egualmente un forte riflesso gli veniva dal cielo e da due o tre nuvole bianche che erano nel cielo. Il vecchio si coprí la faccia col cappello di paglia e stette immobile. Il bambino continuò a guardare le cose che aveva davanti e che erano tutto il suo mondo. Dopo un poco anche un'altra cicala riprese a cantare, sull'albero sopra le loro teste. La sonnolenza divenne piú pesante, quasi un torpore.

Oltre le cicale, vi erano altri suoni nell'aria, prodotti da cose lontane. Continuo rumore di motori dalla strada lungo il fiume, e continuo rumore di cannoni da mezzogiorno. Rumori che si sentivano ormai da parecchi giorni, con maggiore o minore intensità. Il bambino era tranquillo riguardo a ciò, e neppure il vecchio se ne preoccupava. Non era uomo da preoccuparsi di simili cose. Aveva già fatto un'altra guerra. E aveva lavorato la terra, per molti anni. Sapeva che i fatti degli uomini poco influiscono sui fatti della natura. Malgrado le guerre, sempre l'estate seguiva all'inverno e l'inverno all'estate e sulla terra maturavano i

10   **disteso** sdraiato, allungato
      parere sembrare

frutti. Perciò egli stava immobile, disteso sull'erba col cappello sulla faccia, e il bambino guardava tranquillo il campo e il tetto e gli alberi e i monti, e il giorno passava come tutti gli altri giorni. Solo un po' piú lentamente, pareva.

ESERCIZI

A Mettere il verbo in corsivo all'imperfetto:

1 Questo gli *accade* quasi sempre.
2 *Si ferma* per guardare il bimbo severamente.
3 Lui *si preoccupa* della sua famiglia.
4 I ragazzi *si trovano* fuori di casa, dai Ceschina.
5 Noi *stiamo* nel campo tutto il giorno.
6 Da lontano *si sentono* i rumori.
7 *Abbiamo* in testa larghi cappelli di paglia.
8 *Si tratta* di cose che non *capisco*.

B Mettere il verbo in corsivo al trapassato prossimo:

1 La Rossa *faceva* da padrona.
2 Prima di sera, le donne *entravano* in casa.
3 *Continuava* il suo lungo discorso.
4 Il vecchio lo *mostrava* al bambino.
5 Lui *lavorava* la terra con suo nipote.
6 *Era* un'idea della Rossa.
7 *Cercavano* di finire presto.
8 Il vecchio *riprendeva* il lavoro brontolando.

C Completare con la preposizione appropriata:

1 I bambini si misero . . . strillare.
2 Noi ci siamo affrettati . . . andare a lavorare.
3 Il contadino non aveva niente . . . dire a suo nipote.
4 Il piccolo nipote aveva . . . testa un bel cappello di paglia.
5 Le cicale ripresero . . . cantare sugli alberi.
6 Il vecchio decise . . . lasciarlo in pace.
7 Ogni sera lui finisce . . . essere un po' ubriaco.
8 Non avevano cominciato . . . mietere dai Mangano.
9 Quando sono rientrate . . . casa faceva già tardi.

D Tradurre le parole in parentesi:

1 (*He started off*) verso i campi con il bimbo.
2 (*I covered my face*) col cappello e stetti immobile.
3 (*She is proud of*) suo figlio maggiore.
4 C'erano parecchi alberi piantati (*next to*) la casa.
5 (*He always removes his hat*) quando parla con una signora.
6 (*They rested*) prima di riprendere il lavoro.

E Usare in frasi complete:

1	aver fretta	5	davanti a
2	fare da	6	sentirsi
3	sdraiarsi	7	mettersi a
4	avercela con	8	trattarsi di

F Da discutere:

1 Cosa pensava Filippo Mangano di sua nuora, la Rossa?
2 Che tipo di bambino era il piccolo Filippo?
3 Com'era il paesaggio nei dintorni della fattoria?
4 Di che cosa consisteva il mondo del piccolo Filippo?

tramontare andare sotto la linea dell'orizzonte
aia area di terreno non coltivato, vicino alla casa del contadino
stare in ascolto ascoltare
svegliare fare interrompere il sonno
levarsi alzarsi
smettere cessare, non continuare
raccogliere *qui*: prendere
affidare dare, consegnare
perché lo portasse — N.b. l'uso del congiuntivo. *Es.* Te lo spiego bene perché
   tu lo capisca.
dondolare muoversi andando in qua e in là
petto *chest, breast*
riuscire (di) avere successo
senza . . . piselli in modo che gli altri non vedessero che c'erano pochi piselli
mucchio quantità di cose accumulate
compiacenza soddisfazione, piacere
cioè . . . stesso in altre parole, che era stata un'idea sua
i piselli . . . bene uno poteva vendere i piselli a buon prezzo
scese *passato remoto di "scendere"*
le imposte *window shutters*
mosca *fly*

1 Perché uscì sull'aia la figlia Effa?
2 Che cosa fece il bambino quando sentì la Effa chiamare?
3 Perché le cicale non ripresero più a cantare?
4 Che cosa raccolse il vecchio prima di tornare a casa?
5 Chi portò a casa il fiasco di vino?
6 Portarono a casa molti o pochi piselli?
7 Di che cosa cominciò a convincersi il vecchio Filippo mentre era nel granaio?
8 Perché si potevano vendere bene i piselli?

due

A un certo momento, prima ancora che il sole tramontasse, la figlia Effa uscí sull'aia davanti alla casa e cominciò a chiamare il padre. Chiamò una volta, e stette in ascolto, e poi chiamò ancora. Il bambino aspettò che chiamasse la seconda volta, e svegliò il vecchio. Il vecchio si levò stancamente in piedi per rispondere alla figlia Effa che continuava a chiamare. Quasi nello stesso tempo le due cicale sugli alberi smisero di cantare, e forse non ripresero piú dopo, essendo per loro ormai passata l'ora di cantare.

— Andiamo, — disse il vecchio. Raccolse il fiasco e bevve quel po' di vino che vi era rimasto. Poi affidò il fiasco al bambino perché lo portasse.

— Andiamo, — disse di nuovo, e s'avviò lungo i filari dei piselli verso il cesto quasi vuoto. Il bambino lo seguiva dondolando sul terreno ineguale, col fiasco al petto.

Quando arrivarono alla casa l'aia era deserta, cosí che al vecchio riuscí di portare il cesto nel granaio senza che nessuno notasse quanto pochi fossero i piselli. Del resto ce n'era già un buon mucchio in un angolo del granaio, e il vecchio lo guardò con compiacenza, cominciando a convincersi che l'idea di piantare tanti piselli non era stata propriamente della Rossa, ma di qualcun altro, cioè in pratica di se stesso. Con la gente delle città che aveva sempre piú fame, i piselli si poteva venderli bene.

Poi il vecchio scese in cucina, e la cucina era vuota, e la tavola non ancora preparata. Benché le imposte fossero chiuse, molte mosche

16   mobili (pl.)   *furniture*
soffitto   la parte superiore di una stanza
fili della luce   conduttore metallico per corrente elettrica
ronzio   rumore, specialmente del tipo che fanno gli insetti
come mai   perché
se . . . mangiare   se la cena non era ancora pronta
tramonto   l'andare del sole sotto l'orizzonte
pollame   quantità di polli
affacciarsi   mettere la faccia fuori per vedere
becchime   cibo per polli, uccelli, ecc.
pollaio   posto in cui si tengono i polli
pacato   tranquillo
sottana   veste femminile, gonna
avvicinarsi   farsi vicino. *Es.* È pericoloso avvicinarsi agli animali feroci.
dirigere   guidare
stentare   fare fatica; *qui:* fare di malavoglia
affannarsi   affaticarsi, stancarsi
come . . . temporale   come se si aspettasse una pioggia violenta
calcato   *participio passato di* "calcare": premere con forza dall'alto in basso
credenza   armadio dove si tengono piatti, tazze ed altre cose
boccale di terra   vaso di terracotta
cantina   stanza sotterranea dove si tiene il vino
riempire   *to fill*
deporre   mettere giù
accanto   vicino
fare buio   diventare scuro
legno   materia dura d'un albero, usata per costruire varie cose
risuonare   rimandare il suono, echeggiare
udire   sentire
carico (agg.)   che porta un peso
roba   cose, oggetti

1   Che cosa non capiva il vecchio?
2   Che cosa si sentiva dal cortile dietro la casa?
3   Cosa faceva la madre nel cortile?
4   Com'era vestita?
5   Perché i polli stentavano a venire quando la madre li chiamava?
6   Cosa andò a fare in cantina il vecchio?
7   Che cosa si sentiva dal piano di sopra?
8   Quanti anni aveva la Effa?

stavano sui mobili sul soffitto sui fili della luce, e continuamente qualcuna cambiava di posto, con lieve ronzio.

Il vecchio non capiva come mai l'avessero chiamato, se non era ancora pronto da mangiare. Neanche la Rossa e Nino erano tornati. Certo sarebbero venuti tardi, molto dopo il tramonto. Dal cortile dietro la casa arrivava la voce della madre che chiamava il pollame ripetendo un suono gutturale. Il vecchio andò ad affacciarsi sulla porta da quella parte. La madre aveva buttato a terra un po' di becchime, e ferma vicino al pollaio ripeteva con monotonia il suo richiamo, chiu, chiu, chiu. Era una donna dal viso pacato, coi capelli grigi, e vestita all'antica, una sottana nera fino ai piedi. Appena qualche pollo si avvicinava, essa lo dirigeva verso la porta del pollaio con gesti larghi. Ma i polli stentavano a venire, perché era troppo presto. Tuttavia la madre si affannava a chiamarli, come se fosse vicino un temporale. Da lontano il piccolo Filippo guardava, col cappello calcato in testa e il fiasco stretto davanti. L'aria era calda e ferma.

Il vecchio rientrò nella cucina. Prese dalla credenza un boccale di terra dipinto a fiori, e andò in cantina a riempirlo. Poi depose il boccale sulla credenza e si sedette lí accanto. Quindi pensò di bere, visto che per la cena vi era ancora tempo.

Adesso nella cucina faceva quasi buio e il sole fuori doveva essere tramontato. Le mosche si andavano acquietando. Qualcuno nelle stanze di sopra camminava avanti e indietro, ed era la figlia Effa senza dubbio. Se essa passava sopra la cucina, il soffitto di legno risuonava pesantemente. Nel cortile dietro la casa la madre continuava a chiamare il suo pollame, benché fosse cosí presto.

Poi si udí rumore di passi sulla scala e la figlia Effa entrò con le braccia cariche di roba che depose sulla tavola, e molte mosche si agitarono. Era una ragazza di diciotto anni, dal

18   **treccia** *braid*

    presso vicino

    aveva la sua colpa era responsabile

    andasse — *soggetto:* Effa

    trattare *qui:* parlare e comportarsi

    sgombrare evacuare, lasciare libera la casa

    si mosse *passato remoto di* "muoversi"

    bestemmia parola ingiuriosa contro la divinità

    militare soldato

    piano a bassa voce

    fiato *breath*

    intanto in quello stesso tempo

    tralasciare cessare di fare, interrompere

    sentiva . . . andava si accorgeva che (la ragazza) era preoccupata, che le cose
        non le andavano bene

    le spaventasse "le" *si riferisce alla madre;* spaventare: rendere pauroso

1   Perché il vecchio era quasi timido con sua figlia?

2   Perché la Rossa ne aveva la colpa?

3   Chi era venuto dai Mangano? Perché?

viso delicato, coi capelli legati in due lunghe
trecce sul petto. Aveva i sandali ai piedi. Portava sempre i sandali o le scarpe, anche quando era in casa.

Essa andò subito ad aprire le imposte, e la
luce chiara del tramonto venne nella cucina.
Tornando verso la tavola vide il padre seduto
presso la credenza. Era un po' timida col padre, e il padre era quasi timido con lei, da
quando era diventata cosí bella e delicata,
troppo delicata per una figlia di contadini.
Ed anche in questo la Rossa aveva la sua colpa.
Perché era stata la Rossa a volere che andasse
a scuola, e lui adesso non sapeva piú come
trattare coi suoi figli.

La ragazza si mise subito a dividere la roba
sulla tavola, e parlò senza alzare gli occhi.
— Padre, — disse. — È venuto uno a dirci di
sgombrare.

Il vecchio si mosse per dire delle bestemmie,
ma finí con l'alzarsi in piedi semplicemente.
Quand'era solo con quella figlia non aveva piú
neanche il coraggio di bestemmiare. — Chi è
venuto? — disse.

— Uno con la motocicletta — disse la ragazza. — Un militare.

— E cos'ha detto, di sgombrare? — domandò il vecchio.

— No, non proprio sgombrare, — disse la
ragazza. — Ha detto di prepararci. Ha parlato con mia madre. — Essa diceva le parole piano, quasi solo col fiato, e intanto non trala-
sciava di dividere la roba sulla tavola.

Il vecchio non domandò altro. Fermo sulle
gambe curve egli guardava la figlia, e sentiva
che qualcosa non andava con quella ragazza,
qualcosa che non gli riusciva di capire. Per
qualche istante rimase a guardarla, ma non
ebbe la forza di parlarle. Del resto non avrebbe saputo cosa dirle. Adagio egli si mosse e
uscí dalla porta di dietro.

La madre stava sempre gridando il suo richiamo, e appena vide il vecchio gli fece segno
di fermarsi, perché non le spaventasse il pol-

20   **riluttante**   avverso, non disposto

Cos'è questa storia?   Cosa succede qui?   Che cosa hai fatto?

arrabbiarsi   essere preso dall'ira

aveva. . .aria   *always had her head in the clouds*

porcodio   *una bestemmia*

sacramento   *una bestemmia*

Che c'entriamo noi?   Sono affari nostri?   Non c'interessa.

può darsi   forse, è possibile

aveva premura   aveva fretta

smaniare   agitarsi

non le sarebbe bastata   non le sarebbe stata sufficiente

tirar su   mettere insieme, radunare

rinunciare   *qui:*   smettere, finire

si volse   *passato remoto di* "volgersi":   girarsi

rincorrere   correre dietro

scappare   fuggire, andare via in gran fretta

spaventato   che ha molta paura, impaurito

piegare   *to fold*

biancheria   panni di lino e di cotone

man mano   a poco a poco

riporre   mettere

aspro   irritante e stridulo, non dolce

si confuse   *passato remoto di* "confondersi":   diventare confuso, turbato

1   Perché la madre fece segno al vecchio di fermarsi?
2   Che cosa gridò il vecchio a sua moglie?
3   Perché si arrabbiò?
4   Che cosa aveva detto il militare?
5   Come reagì il vecchio?
6   Che cosa faceva in cucina la Effa?
7   Con chi era arrabbiato il vecchio?
8   Perché andò alla credenza?

lame. Riluttante il vecchio si fermò nel mezzo del cortile. — Moglie, — gridò. — Cos'è questa storia?

— Che storia? — domandò la madre.

Il vecchio si arrabbiò perché la madre aveva sempre la testa per aria. — Questa storia di sgombrare, porcodio, — disse.

— Sí, — disse la madre. — È venuto uno e ha detto di star pronti per andar via.

— E perché andar via, sacramento, — disse il vecchio. — Che c'entriamo noi?

— Non bestemmiare a questo modo, Mangano, — disse la madre. — L'ha detto un militare che bisogna star pronti. Ha detto che può darsi che gli americani vengano avanti. Solo questo ha detto, perché aveva premura.

Il vecchio si mise a bestemmiare e a smaniare per il cortile, e allora anche la madre si arrabbiò e gli gridò di tornare dentro, se no non le sarebbe bastata tutta la notte per tirar su il pollame. Il vecchio non rinunciò a bestemmiare, ma si volse per andare verso la casa. Il piccolo Filippo lo rincorse attraverso tutto il cortile, e i polli scapparono via spaventati. La madre riprese a chiamarli con pazienza.

In cucina non c'era nessuno, ma la figlia Effa venne subito, portando i cesti da vendemmia che era andata a prendere in granaio. Essa si mise a piegare la roba, biancheria e vestiti, e man mano la riponeva dentro cesti diversi.

— Cosa stai facendo, Effa? — domandò il vecchio con voce aspra. In quel momento egli si sentiva ancora molto arrabbiato.

La figlia alzò lo sguardo brevemente sul padre. — Sto preparando la roba, padre, — disse.

— La roba per andar via? — domandò il vecchio.

— Sí, — rispose la figlia.

Subito il vecchio si confuse e non disse altro. Egli capí di non essere arrabbiato con la figlia. Forse era arrabbiato con la madre, o forse neanche con lei. Ad ogni modo andò alla credenza e si riempí un bicchiere, e dopo che

parve *passato remoto di* "parere": sembrare

accorgersi (di) notare

ad un tratto all'improvviso, in un momento

sottovoce a voce bassa, piano

un po'... parte *slightly protruding and drawn over to one side*

improvvisamente inaspettatamente, a un tratto

percepire comprendere

pesare *opposto di* "essere leggero". *Es.* Come pesa questa valigia! Che cosa ci ha messo dentro?

radice origine, principio

sconosciuto non conosciuto

comunque in ogni modo

timore paura

Non c'è niente da aver paura non c'è nulla da temere

sommessamente a bassa voce, sottovoce

davvero veramente

sgombro senza niente sopra

1 Come si sentì il vecchio dopo aver bevuto un bicchiere di vino?
2 Perché non era uguale la tristezza che pesava su di lui e sulla Effa?
3 Perché era tanto pensierosa la Effa?
4 Che cosa chiese alla madre?

lo ebbe bevuto si sentí meglio. Il piccolo Filippo stava molto attento e aspettava, ma questa volta il vecchio non parve accorgersi di lui.

— Padre? — chiamò ad un tratto la ragazza, sottovoce.

Il padre la guardò. Essa si era fermata, con gli occhi fissi su qualcosa sopra la tavola, il labbro inferiore un. po' sporgente e tirato da una parte. Il vecchio era già mezzo ubriaco, tuttavia improvvisamente percepí la tristezza che pesava su di loro. Una tristezza non eguale, perché aveva solo in modo vago radici nella vita stessa e poi cause diverse per ciascuno e sconosciute, ma che comunque pesava su di loro, su loro due insieme. E il cuore gli tremò, non per il timore, ma per la speranza.

— Non c'è niente da aver paura, — disse.

— Non ho paura, — disse la ragazza. — Solo vorrei sapere cosa faremo.

— Come, cosa faremo, — disse il vecchio.

— Cosa faremo se vengono avanti quegli americani, — disse la ragazza.

— Cosa vuoi fare? — disse il vecchio. — Questa è la nostra casa.

— La nostra casa, — disse la ragazza sommessamente. Sempre essa teneva gli occhi fissi su qualcosa sopra la tavola. Poi disse: — Ma se davvero vengono avanti? Oggi c'è questo rumore di cannoni. È piú forte degli altri giorni, oggi.

— Questa è la nostra casa, — disse di nuovo il vecchio.

— Sí, ma se si dovesse andare, non pensi che sarebbe meglio andare nel nord? — domandò la ragazza.

— Nel nord? — fece il vecchio. Egli proprio non capiva. — Cosa fare nel nord? La nostra casa è qui.

La ragazza rimase pensierosa, ma non disse altro. Dopo un poco riprese a piegare la roba e a metterla nei cesti. E quando la tavola fu sgombra essa si affacciò alla porta di dietro e chiese alla madre se doveva preparare anche la roba da inverno. E la madre disse di sí, che era meglio preparare anche la roba da inverno.

24   **mungere** *to milk*
      vacca mucca, animale che dà latte
      fino a che essa non uscì fino al momento che uscì
      di seguito senza interruzione
      senza rimedio completamente
      secchio contenitore, di legno o di metallo
      mungitura operazione del mungere vacche per ottenere latte
      raggiungere arrivare dove c'è un'altra persona
      pozzo fossa scavata nel terreno per la conservazione dell'acqua
      canna *cane*

   1 Che cosa disse al padre la Effa prima di salire a prendere la roba?
   2 Che cosa andò a prendere il vecchio?
   3 Perché lo tirò per i pantaloni il piccolo Filippo?
   4 Perché si fermò e stette in ascolto il vecchio?
   5 Che cosa raccolse da terra il bambino? Che cosa ne fece?

Prima di salire a prendere la roba, la ragazza si fermò un momento. — Padre, — disse. — Dovresti far bere le bestie, e mungere la vacca.

— Sicuro, — disse il vecchio. Egli non si era mosso. L'aveva seguita con gli occhi mentre lavorava, e poi quando era andata a parlare con la madre, e quando era tornata. La seguí ancora, fino a che essa non uscí dalla porta delle scale, e anche dopo rimase un poco a guardare la porta vuota. E cosí si dissolvette quella tristezza, e si dissolvette la speranza. Lentamente il vecchio si avvicinò alla credenza e bevve tre volte di seguito, dopo di che egli fu senza rimedio ubriaco.

Andò a prendere il secchio per la mungitura e uscí nell'aia. Il piccolo Filippo lo raggiunse e lo tirò per i pantaloni. — Guarda, nonno, — disse. — Mi son tolto il cappello.

Il vecchio si fermò e stette in ascolto. — Senti? — disse.

— Cosa? — domandò il piccolo.

— Un rumore cosí, bum bum, tapun.

— Sí, che sento, — disse il piccolo. — Bum, bum, bum.

— È la guerra, — disse il vecchio, camminò per l'aia verso il pozzo, cantando forte tapun, tapun, tapun.

Il piccolo bambino raccolse da terra una canna, e si mise a giocare alla guerra.

ESERCIZI

A Completare prima con il presente e poi con il passato prossimo dei verbi riflessivi:

1 Il vecchio Filippo . . . (volgersi) verso sua figlia Effa.
2 Noi . . . (avvicinarsi) al granaio.
3 Effa . . . (accorgersi) del rumore dei cannoni.
4 Loro . . . (sedersi) a tavola a cenare dopo una lunga giornata nei campi.
5 La mosca . . . (muoversi) verso il bicchiere di vino.
6 Il bambino . . . (levarsi) in piedi per cominciare il suo giuoco.
7 Noi . . . (avviarsi) lungo i filari dei piselli.
8 Tu . . . (affacciarsi) sulla porta.
9 Tutti e due . . . (alzarsi) presto, non è vero?
10 Il vecchio . . . (arrabbiarsi) con sua moglie.

B Tradurre le parole in parentesi:

1 La madre era vestita (*in an old-fashioned way*) perché era povera.
2 Le imposte erano chiuse e (*it was dark*).
3 (*Anyway*), non voleva far altro che bere.
4 (*Suddenly*) la ragazza chiamò suo padre.
5 Al vecchio (*succeeded*) di portare il cesto nel granaio.

C Dare l'articolo determinativo delle seguenti parole e poi volgerle al plurale:

aia	stesso	dubbio
moglie	idea	luce
labbro	temporale	bestemmia
mosca	vacca	occhio
mucchio	cortile	fiasco

D Dare un sinonimo delle seguenti parole:

levarsi	domandare	rimanere
sicuro	di nuovo	udire
presso	diventare	stentare

E   Da discutere:

1   L'atteggiamento del vecchio Mangano verso i membri della sua famiglia.
2   Il significato della frase ripetuta varie volte, "Questa è la nostra casa."

stalla   luogo dove si tengono cavalli ed altri animali
il calcagno (*pl.* le calcagna)   parte posteriore del piede
in fondo a   *Es.* In fondo alla tazza c'è rimasto un po' di caffè.
mai vista   non vista prima, vista per la prima volta
caricare   mettere animali, persone o cose sopra un mezzo di trasporto
carro   veicolo per trasportare roba
tirare   far muovere, avanzare
trattrice   veicolo per usi agricoli
E con questo? Che c'entra? Perché è importante?
Una ragione di più   un'altra ragione
andarsene   andar via. *Es.* Me ne vado perché sono stanco. Gli altri se ne sono
     già andati.
Non è da dire   questo non significa
Anzi   *qui:* infatti
tirare su   mettere insieme, radunare
bisogna pensarci sopra   è necessario che lo consideriamo seriamente
Mi pare   mi sembra
da quelle parti   in quella zona; *qui:* in montagna
Sulle . . . metteranno   non andranno sulle montagne
carro armato   autoveicolo militare, interamente chiuso
Noi si potrebbe   noi potremmo
in fretta   rapidamente, velocemente
senza fiato   *out of breath*
disposto   favorevole, preparato
proposta   suggerimento, idea

1   Chi c'era in cucina quando il vecchio tornò dalla stalla?
2   Che notizie aveva portato la Rossa dalla strada e dai Ceschina?
3   Che cosa avevano cominciato a fare alla fattoria dei Ceschina?
4   Perché la madre è indecisa se partire o no?
5   Perché i Ceschina ed altri vanno sulle montagne?
6   Dove vuole andare la Effa?

TRE

Quando il vecchio tornò dalla stalla con il piccolo Filippo alle calcagna e un po' di latte in fondo al secchio, in cucina c'erano tutti. Da una parte della tavola stavano i suoi figli Effa e Nino, e dall'altra la madre e la Rossa. La Rossa aveva portato notizie nuove dalla fattoria dei Ceschina e dalla strada. Sulla strada c'era una confusione mai vista, e anche dai Ceschina un militare con la motocicletta era andato a dire di star pronti, e là avevano cominciato subito a caricare il carro e avevano anche tirato fuori la trattrice, per attaccarla al carro.

— Noi non abbiamo la trattrice, — disse la madre.

— E con questo? — disse la Rossa. — Una ragione di piú per andarcene prima.

Tuttavia la madre non era molto convinta. — Senti, Rossa, — disse. — Non è da dire che io sia proprio contraria. Anzi, ho già tirato su il pollame, e la Effa ha preparato la roba, anche quella da inverno. Ma bisogna pensarci sopra. Mi pare che qui o in un altro posto sia tutto lo stesso. Quegli americani vengono sempre avanti. Dove vorresti andare?

— I Ceschina vanno sulle montagne, — disse la Rossa. — E anche degli altri vanno da quelle parti, ho sentito dire. Sulle montagne non si metteranno coi carri armati.

— Noi si potrebbe andare nel nord, — disse la Effa, in fretta e quasi senza fiato.

La madre era disposta a pensar sopra anche a questa proposta, ma la Rossa no. Guardò la ragazza diritto negli occhi. — No, — disse. — Noi non dobbiamo andare lontano, Effa. Qui

appena possibile   al più presto possibile

maledetto   *damned*

farsi avanti   farsi notare

gesto   movimento del capo o della mano

badare a   fare attenzione a

Si tratta di lasciar la casa   è una cosa seria, lasciare la casa così

sparare   far azionare un'arma da fuoco. *Es.* I poliziotti spararono a due
 criminali che fuggivano.

colpo   rumore prodotto dalle armi da fuoco

razza   specie, tipo

camion   *truck*

sapeva il fatto suo   capiva bene le cose di questa vita

tagliar la corda   andare via

li faranno fuori   li uccideranno

mica   *La parola "mica" rafforza una negazione.* Es. Non è bello, ma non è
 mica brutto.

sconsolatamente   con desolazione

saggezza   capacità intellettiva derivata da esperienze

servire   essere utile

cogliere   approfittare (di)

cose da donne   cose per donne

sentì il sangue che le saliva al viso   arrossì di rabbia

1   Perché la Rossa non vuole andare lontano?
2   Perché non pensava che quello fosse un giorno come gli altri?
3   Che cosa aveva visto sulla strada?
4   Cosa aveva detto il sergente del camion?
5   Che cosa dimostra la madre del suo carattere?
6   Perché il vecchio Filippo si mise a gridare?
7   Quali secondo lui non sono cose da donne?
8   La Rossa che cosa pensa di suo suocero?

abbiamo la nostra casa e la nostra terra. Andremo sulle montagne, e appena possibile torneremo qui e aspetteremo gli altri. Verranno, quando sarà finita questa maledetta guerra.

— Dici bene, Rossa, — disse la madre.

Ci fu una pausa, e il vecchio ne approfittò per farsi avanti con un gesto solenne. — Ohè, — disse, e nessuno gli badò.

— Secondo me, — disse la Rossa, — si dovrebbe partire subito.

— Perché subito? — disse la madre. — Quel militare ha detto solo di star pronti. Non bisogna fare le cose troppo in fretta, Rossa. Si tratta di lasciar la casa. E poi, qui è tutto come gli altri giorni.

— No, non è come gli altri giorni, — disse la Rossa. — Oggi hanno sparato di piú, e i colpi parevano piú vicini. Anche dai Ceschina dicevano che i colpi si sentivano piú vicini. E voi non avete visto sulla strada, che razza di confusione. E diglielo tu, Nino, cos'ha detto quel sergente del camion che si è fermato.

Nino aveva solo quindici anni, ma sapeva il fatto suo, ed era molto importante. — Ha detto, — egli disse — « cosa aspettate a tagliar la corda ». Proprio cosí ha detto. E poi ha detto che faranno una nuova linea sul fiume e sulle montagne subito di là, e che appena gli americani verranno qui li faranno fuori.

— Ma non siamo mica americani, noi, — disse la madre.

— Oh, madre, — fece la Rossa sconsolatamente. Era fatta cosí, la madre. La sua saggezza non serviva per quelle cose.

Il vecchio riuscí a cogliere la nuova pausa. Disse di nuovo: — Ohè! — e di nuovo alzò una mano solennemente, e ancora nessuno gli badò. Ma come la Rossa stava per aprir bocca, egli si mise a gridare. — Sacramento! Qua tutti parlano e io non capisco niente —. Era molto agitato, e gridava. — Non sono cose da donne, queste.

La Rossa sentí il sangue che le saliva al viso. Tuttavia disse, abbastanza calma: — Parli come se fossi un uomo, tu.

talmente tanto

mettersi al fianco (di qualcuno) mettersi proprio accanto (a qualcuno)

spuntare farsi vedere, apparire

orlo margine estremo

mazzo quantità di cose legate assieme, detto di fiori

infine finalmente

padrone chi comanda, dà ordini

amaramente in modo doloroso e sconsolato

intervenire interrompere con parole o azioni

prontezza rapidità

conciliante in una maniera incline alla pace

che ci mandano ad avvisare che manderanno qualcuno ad avvertirci, ad informarci

Noi . . . pare facciamo a modo nostro

Ho fatto Caporetto ho combattuto a Caporetto — paese, già parte del territorio italiano, oggi in Jugoslavia sul fiume Isonzo. Scena di una ben nota battaglia del 1917, nella quale gli austriaci furono vittoriosi sugli italiani.

Gorizia . . . Mestre — teatri di battaglie durante la Prima Guerra Mondiale

maggiormente reintegrato più in possesso (di)

fastidio noia, irritazione

1 Che cosa avevano detto i Ceschina?
2 In che cosa aveva molta esperienza il vecchio?
3 Cosa fece il vecchio per sentirsi più reintegrato nella sua autorità?

Il vecchio s'arrabbiò talmente che non riuscí a parlare subito. Il piccolo Filippo gli si era messo al fianco e spuntava con la sola testa dall'orlo della tavola, come un mazzo di carote. Girava continuamente gli occhi grandi sulle facce di quelli che parlavano.

— Io, — gridò infine il vecchio, — io ho fatto l'altra guerra. E sono il padrone, qui, ho il diritto di sapere.

— Tu, vecchio, — disse la Rossa amaramente, — tu sei ubriaco. Sei sempre ubriaco, e non ci sei mai stato di nessun aiuto.

La madre intervenne con prontezza. — Basta, adesso, — disse verso la Rossa. Poi si rivolse al vecchio, e disse conciliante: — Mangano, qua si tratta di decidere se si deve partire o no. Pare che i Ceschina vadano sulle montagne, e anche altri.

— I Ceschina han detto che ci mandano ad avvisare, se partono, — disse Nino.

— I Ceschina sono i Ceschina, — disse il vecchio. — E noi siamo noi. Noi facciamo quello che ci pare.

— Sí, ma intanto bisogna decidere, — disse la madre.

— Cosa vuoi decidere, moglie, — disse il vecchio girando gli occhi sugli altri. — Io ho esperienza. Nessuno ha tanta esperienza come me. Ho fatto Caporetto, io, e so che c'è tempo, in queste cose. Da Gorizia a Mestre, e c'era sempre tempo.

— Va bene, va bene, — disse la madre. — Intanto non è male prepararci, vero? Si potrebbe caricare il carro, prima che faccia scuro.

— Sarebbe meglio che preparassi qualcosa da mangiare, moglie, — disse il vecchio, e per sentirsi maggiormente reintegrato nella sua autorità si avvicinò alla credenza dov'era il boccale.

— Sí, sí, prepareremo anche da mangiare, — disse la madre. — Ma tu non dovresti bere piú, Mangano. Non dovresti bere in momenti come questi.

Il vecchio fece un gesto di fastidio. — Che

Carso — altipiano della Jugoslavia settentrionale; teatro di dure battaglie

mi...tutto   ho il desiderio di abbandonare tutto

assorto   immerso in pensieri

Dici...dire   tu parli in questa maniera soltanto per parlare

andare in giro   viaggiare, circolare

sarà finita — *soggetto:* la guerra

ombra   oscurità, buio

doloroso   che dà dolore

sognante   che sembra immerso in sogni

le era venuto abituale   le era diventato abituale

Diamoci da fare   lavoriamo

accarezzare   toccare leggermente con la mano in segno d'affetto

panca   *bench*

1   In quel momento che cosa aveva voglia di fare la Rossa?
2   Perché la madre non vuole che la Rossa vada via?
3   Quale pensiero non abbandonava mai le donne della casa?
4   Quando uscì di casa, il bambino dove trovò il nonno?

ne sai tu della guerra? — disse con voce eroica. — Che ne sapete voi del Carso, per esempio? Ci facevano bere. Cristo, come ci facevano bere! — Perció egli bevve due bicchieri di seguito, e sempre parlando dell'altra guerra uscí sull'aia.

— Madre, — disse allora la Rossa. — Ti giuro che qualche volta mi vien voglia di piantar tutto e andarmene da mio marito. Avrei proprio voglia di andar via stanotte.

La madre pareva assorta, ma subito alzò gli occhi sulla Rossa e studiò la sua espressione. — Dici cosí tanto per dire, non è vero, Rossa?

La Rossa guardava la tavola, e vi era stanchezza nel suo volto e nella sua voce. — Non so, — disse. — In certi momenti sento proprio come se dovessi andare da lui.

— No, — disse la madre. — Non vorrai andare in giro per il mondo con un bambino. E poi, l'hai detto tu che questa è la nostra casa e la nostra terra. Dobbiamo stare uniti, e lui tornerà qui, quando sarà finita.

— Speriamo, — disse la Rossa, quasi senza espressione. Nella grande cucina vi era ombra e silenzio. La madre e la Rossa pensavano a quando sarebbe tornato, come tante volte pensavano a quando sarebbe tornato. Infinite volte pensavano a ciò, durante un giorno, e forse quel pensiero non le abbandonava mai, neanche quando non ne avevano coscienza. E anche la ragazza Effa pensava, in un modo doloroso e sognante che le era venuto abituale da qualche tempo. E la madre credeva di capire, e la Rossa sapeva e capiva.

Cosí la madre disse: — Avanti, figliole. È inutile pensarci sopra. Diamoci da fare fin che è ancora chiaro —. E al piccolo Filippo essa accarezzò i capelli sopra l'orlo della tavola e disse: — Vai fuori dal nonno, Filippo. Noi dobbiamo lavorare.

Pronto, il bimbo dondolò verso la porta piena di luce, e uscí sul davanti della casa. Il nonno era seduto al suo posto, sulla panca vicino al muro, e guardava verso mezzogiorno

era . . . settentrione *had set quite far to the north*
arrampicarsi salire, attaccandosi a qualcosa
divenne *passato remoto di* "divenire": diventare
chinarsi farsi curvo, piegarsi in basso con la persona
sposare prendere in matrimonio
raccogliere *qui:* mostrare di avere inteso, capito
attraversare *Es.* Ragazzi, non attraversate la strada quando c'è molto traffico!
per altro però
dalla parte del verso, nella direzione del
magazzino posto dove si tengono in deposito diverse cose
fienile *hay-loft*
attrezzo arnese, strumento necessario ad un certo lavoro
S'è messa a comandare lei ora comanda lei
spalancato aperto interamente
portone porta assai grande
rana *frog*
grillo *cricket*

1 Che cosa guardava il vecchio?
2 Dove andò a sedersi il bimbo?
3 Che cosa gli disse in confidenza il vecchio?
4 Perché il bambino non raccolse la confidenza?
5 Perché il vecchio ce l'aveva tanto con la Rossa?
6 Dove erano entrati la Rossa e gli altri?
7 Perché il piccolo Filippo non riusciva a vedere nel magazzino?
8 Che cosa si sentiva cantare nei campi intorno alla casa?

la vigna e il campo dei piselli e piú in là la
linea bassa delle colline che chiudevano la
valle da quella parte. Il sole era sceso molto
spostato verso settentrione, quasi dietro la casa.

Il bimbo s'arrampicò sulla panca accanto al
nonno.

— Senti che non sparano piú, — disse il
vecchio. Poi divenne confidenziale e per parlare si chinò sull'orecchio del bambino. —
Ascolta, — disse. — Tu diventerai grande e
diventerai un uomo, e allora non sposare mai
una donna come tua madre.

Il bambino non raccolse la confidenza, perché frattanto la Rossa e Nino e la Effa erano
usciti dalla casa e attraversavano l'aia, senza
per altro voltarsi dalla parte del vecchio. Andavano verso il magazzino sotto il fienile, dove
tenevano le macchine e gli attrezzi per il lavoro dei campi.

— Cosa fanno? — domandò il piccolo Filippo.

Il vecchio guardò con indifferenza verso il
magazzino. — Fanno quello che vogliono, porcodio, — egli disse. — S'è messa a comandare
lei, in questa casa. Ma aspetta che torni tuo
padre, e glielo farò vedere io chi è il padrone.

— Chi è il padrone, nonno? — domandò
il bambino.

— Io, — disse il vecchio.

La Rossa e gli altri erano entrati nel magazzino, lasciando spalancato il portone. E tuttavia il piccolo Filippo non riusciva a vedere
nell'interno tutto pieno d'ombra. Si sentiva
adesso solo qualche colpo isolato di cannone,
che però sembrava piú vicino, forse perché
cosí isolato. Delle rane cantavano dalla parte
del fosso, chiamando la pioggia. E molti grilli
cantavano anche, un po' da per tutto nei campi e vicino alla casa.

— Non hai fame? — domandò il vecchio.

Il bambino rispose di sí con la testa. Poteva andare in cucina dalla nonna per farsi
dare un pezzo di pane. Ma frattanto aveva bisogno di sapere cos'erano andati a fare dentro
il magazzino.

scommettere affermare con certezza

timone quella parte del carro a cui si attaccano gli animali che devono tirarlo

spingere esercitare una forza su qualcosa affinché si muova

fin sotto proprio vicino, accanto

dare un'occhiata a guardare rapidamente

ostentatamente in modo esagerato

da un'altra parte in un'altra direzione

scivolare *to slide*

scopa *broom*

nuvola insieme di particelle liquide o solide in sospensione nell'atmosfera. *Es.*
Guarda che grosse nuvole: sta per piovere.

polvere piccoli frammenti di terra arida, facilmente agitati e sollevati dal vento

1   Che cosa tirarono fuori dal magazzino? Perché?
2   Perché il vecchio si mise a guardare da un'altra parte?
3   Che cosa si mise a fare Nino sul carro?
4   Quando tornò dal nonno, cosa gli disse il piccolo Filippo?

— Scommetto che ci lasciano senza mangiare, — disse il vecchio.

Subito dal magazzino venne fuori il carro.
La Rossa lo tirava davanti guidandolo per il
timone, e la Effa e Nino lo spingevano da dietro. Cosí portarono il carro fin sotto la casa,
proprio vicino alla porta.

— Cosa fanno, nonno? — domandò il piccolo Filippo.

Il vecchio diede un'occhiata al carro, poi
ostentatamente si mise a guardare da un'altra
parte, e non rispose. Allora il piccolo Filippo
si lasciò scivolare giú dalla panca e corse a
vedere. Trovò la ragazza Effa vicino al carro.

— Zia Effa, — disse. — Cosa fai, zia Effa?

— Carichiamo la roba sul carro, — disse la
ragazza.

— Perché carichiamo la roba sul carro, zia
Effa? — domandò il bambino.

— Perché dobbiamo andar via, — disse la
ragazza.

Il piccolo Filippo pensò un poco, quindi disse: — Dove dobbiamo andar via?

— Non so, — disse la ragazza. — Sulle montagne, forse.

Ancora il bambino fece una pausa per pensare. Poi domandò: — Anche la nonna, zia
Effa?

— Sí, — rispose la ragazza. — Anche la
nonna.

— E anche il nonno, zia Effa? — domandò
il bambino.

— Sí, andiamo via tutti, — disse la ragazza.
Nino uscí dalla cucina con una scopa e salí
sul carro e cominciò a scopare, facendo una
nuvola di polvere.

— Vai via, Filippo, — disse la ragazza Effa. — Vai dal nonno.

Il bambino corse ad arrampicarsi nuovamente sulla panca, accanto al vecchio. — Dobbiamo andar via sulle montagne, — egli disse.

Il vecchio guardava sempre dall'altra parte,
e non parlò.

— Anche la nonna, — disse il bambino.

40 **Staremo a vedere** vedremo

pesca *peach*

pallina piccolo corpo a forma sferica; *qui:* pesca non ancora matura

buco apertura

porcile stalla dei porci

maiale porco

sorse *passato remoto di* "sorgere": alzarsi

mettersi *qui:* stare

radice parte bassa dei capelli con cui stanno attaccati alla testa

sfogarsi dare libera espressione a sentimenti e passioni

una buona volta una volta per sempre

coperta il drappo che serve a coprire il letto

dare una mano a dare dell'aiuto a, aiutare

1 Che cosa avrebbe potuto fare il bambino?

2 Che cosa preferiva fare?

3 Che cosa buttò giù dalla finestra la Rossa?

4 Cosa fece il vecchio quando vide cadere i materassi?

5 Perché la Rossa non si sfogò con il vecchio?

6 Perché la madre non vuole che la Rossa butti giù il materasso del vecchio?

— E anche tu, nonno. Dobbiamo andar via tutti.

— Staremo a vedere, — disse il vecchio senza voltarsi.

Il vecchio e il bambino stettero seduti sulla panca, l'uno accanto all'altro, e non parlavano. Il piccolo Filippo non si stancava di guardare dalla parte del carro. Vi era una grande quantità di cose che egli avrebbe potuto fare. Andare in cerca del gatto, per esempio, o vedere se dall'albero delle pesche era caduta qualcun'altra di quelle palline verdi che si potevano mangiare, oppure guardare dai buchi del porcile cosa faceva il maiale dentro. Ma andare sulle montagne era un fatto troppo nuovo ed interessante, ed il carro fermo davanti alla porta era là per quello.

Ed ecco che la Rossa buttò giú dalla finestra un materasso, e la Effa e Nino lo presero e lo caricarono sul carro. Anche il vecchio si voltò al rumore che fece il materasso cadendo. Si voltò e subito sorse in piedi e andò a mettersi di fronte alla finestra. E quando un altro materasso cadde dall'alto, egli cominciò a gridare agitando le braccia. — Sacramento, se butta giú il mio materasso le rompo la testa. — E gridava anche: — Padrona lei è diventata, adesso. Dove vuol farmi dormire stanotte? — Gridava tanto forte che la madre corse fuori spaventata.

La Rossa era rimasta alla finestra, e sentí ancora il sangue salire alla testa, fino alla radice dei capelli. Voleva sfogarsi una buona volta con quel vecchio ubriaco. Ma poi vide la madre che faceva segni, e cosí le dette il tempo di parlare.

— Lascia stare, Rossa, — disse la madre. — Il suo materasso lascialo stare. Butta giú tutti gli altri e porta giú le coperte. — Poi al vecchio disse: — Le coperte non servono, con questo caldo. — E alla figlia Effa essa disse: — Quando avrete messo a posto i materassi, vai dalla Rossa a darle una mano per le coperte. — Pareva calma, la madre, benché

42   **le fosse . . . gola**   stesse per piangere
fatica   sforzo, difficoltà;   *qui:*   lavoro duro
tra poco   in poco tempo
placato   calmato, tranquillizato
crepuscolo   luce diffusa dopo il tramonto del sole
tinta cenere   *ashen color*
rabbioso   infuriato, adirato
mitragliatrice   arma da fuoco, automatica e rapidissima
fare un salto   *to leap, jump*
stretto   *qui:* vicinissimo
sporse   *passato remoto di* "sporgere":   mettere fuori
si sentì mancare il cuore   si sentì male
riprendere fiato   fermarsi un poco per riposarsi
fidarsi   *to trust, to put one's trust in*
Reoplani   *pronuncia infantile di* "aeroplani"
piegarsi   incurvarsi
il ginocchio (*pl.* le ginocchia)   *knee*
accolse   *passato remoto di* "accogliere":   prendere
strinse   *passato remoto di* "stringere":   tenere stretto, molto vicino

1   Perché alla madre era venuto un nodo alla gola?
2   Che cosa si sentì improvvisamente dalla strada?
3   Quando sentì i rumori, cosa fece il bambino?
4   Perché il vecchio non si era mosso?
5   Perché la madre si sentì mancare il cuore?
6   Perché la madre strinse forte il bambino?

da principio le fosse venuto un nodo alla gola. Perché era tanta fatica tener insieme la famiglia.

Il vecchio era fermo, ma guardava sempre infuriato la Rossa alla finestra.

— Stai buono, Mangano, — disse ancora la madre. — Tra poco sarà pronto da mangiare.

Il vecchio tornò a sedersi sulla panca, accanto al piccolo Filippo. — Credeva di farmi dormir per terra, porcodio, — egli disse. Tuttavia era placato, ormai. Guardava verso mezzogiorno la linea bassa delle colline. Veniva sempre luce dalla parte del tramonto, perché era un crepuscolo lungo d'estate. Ma i colori diversi dei campi lontani si erano già confusi in azzurro, come quello del cielo, e le nuvole in alto erano diventate tutte di una eguale tinta cenere.

Poi si sentí improvviso dalla strada lungo il fiume un rabbioso rumore di motori, e subito dopo rapido sparare di mitragliatrici. Nino fece un salto giú dal carro e corse dietro la casa per vedere. E il piccolo Filippo si lasciò scivolare dalla panca e corse all'angolo della casa. Tenendosi stretto al muro, egli sporse la testa dall'angolo e restò a guardare.

La madre scappò fuori dalla cucina gridando, e vide il vecchio solo sulla panca. Egli non si era mosso, perché aveva fatto l'altra guerra, e poi era ubriaco. Ma la madre si sentí mancare il cuore. — Dov'è Filippo? Dov'è — domandò. Poi lo vide sull'angolo della casa e riprese fiato e lo chiamò forte perché tornasse indietro.

— Non ci si può fidare neanche a lasciarti un bambino, — disse la madre al vecchio.

Il piccolo Filippo venne avanti verso la nonna dondolando in fretta con qualcosa da dire. — Reoplani, — diceva.

La madre si piegò sulle ginocchia e accolse il bambino fra le braccia e lo strinse forte e a lungo, perché cosí la paura passava. Non si sentiva piú il rumore delle mitragliatrici, e neanche quello dei motori. — Reoplani — continuava a dire il bambino tutto felice.

44

tese *passato remoto di* "tendere": distendere, porgere
venire di corsa venire in fretta, correre
andatura maniera di camminare
Bicoda — tipo di aeroplano a due code
Caccia a due code — aeroplano militare, del tipo americano P-38
prendere *qui:* colpire con un'arma da fuoco
fumo *Es.* Si dice che dove c'è fumo, c'è sempre fuoco.
unicamente solamente

1   Quanti aeroplani credeva di aver visto il bambino?
2   Perché la madre gli disse di non muoversi più?
3   Cosa voleva dimostrare Nino mentre arrivava da dietro la casa?
4   Che cosa avevano colpito gli aeroplani?
5   Perché caricarono la roba sul carro in fretta?
6   Perché rimasero tanto tranquilli il vecchio e il bambino?

E la madre infine sorrise. — Quanti aeroplani? — domandò.

— Venti, — disse il bambino.

— Come, venti, — disse la madre. — Quanti sono, venti?

— Cosí, — disse il piccolo. Contò tre dita e le tese in avanti.

— Questi sono tre, — disse la madre in un sorriso.

— Tre, — disse il bambino guardandosi le dita.

— Adesso stai qui col nonno, — disse la madre. — E non ti muovere piú.

La Rossa e la Effa erano venute giú di corsa con le coperte da caricare. Erano meno spaventate della madre, ma curiose di sapere. E subito arrivò anche Nino da dietro la casa, e dimostrava perfino nell'andatura molta indifferenza, e superiorità rispetto alle donne.

— Cos'era? — domandò la Rossa.

— Bicoda, — disse il ragazzo evasivamente.

— Cosa, bicoda? — domandò la Rossa.

— Caccia a due code, — disse il ragazzo. — Roba americana. Erano sette, bassi bassi.

— E sparavano? — domandò ancora la Rossa.

— Mah, — disse il ragazzo. — Devono aver preso qualche macchina, sulla strada. Si vede fumo.

— Qua vicino? — domandò allora la madre.

— Qua dietro, — disse il ragazzo, sempre con indifferenza.

— Dio, — disse la madre. — È meglio che andiamo via subito, se cominciano di queste cose.

— Sí, — disse la Rossa. — È meglio far presto.

In fretta caricarono sul carro le coperte e poi anche i cesti di roba che la Effa aveva preparato in cucina. Quindi rientrarono in casa, e fuori rimasero soltanto il vecchio e il bambino, seduti vicini sulla panca. Erano tranquilli, e non parlavano. Parevano unicamente assorti nel guardare le ombre della notte che a poco a poco si prendevano la loro terra.

ESERCIZI

A Completare con la forma corretta del presente del congiuntivo:

1 Bisogna che la figlia . . . (dare una mano a) sua madre.
2 Non so se voi . . . (aver bisogno di) questi libri.
3 È importante che Lei . . . (fidarsi di) me.
4 Pensi che queste coperte ci . . . (servire) con questo caldo?
5 Credo che il materasso . . . (essere) in fondo al carro.
6 Sembra che loro . . . (andarsene) proprio adesso.
7 La Rossa vuole che il vecchio . . . (prepararsi) per il viaggio.
8 Pare che i rumori . . . (venire) dalla strada maggiore.
9 Dubito che il bambino . . . (capire) quello che dice il nonno.
10 È meglio che voi due . . . (partire) subito.

B Completare prima con il presente, e poi con l'imperfetto del verbo o dell'espressione in parentesi:
Esempio: Voi . . . (aver bisogno di) riposarvi.
Voi avete bisogno di riposarvi.
Voi avevate bisogno di riposarvi.

1 Noi . . . (mettersi a) i nostri studi.
2 La Rossa . . . (aver voglia di) sfogarsi con il vecchio.
3 Loro . . . (stare per) caricare la roba sul carro.
4 Spesso io . . . (stancarsi di) sentire ripetere le stesse cose.
5 Tu . . . (fidarsi di) i tuoi genitori.
6 Il bambino . . . (essere curioso di) vedere gli aeroplani.
7 Il vecchio . . . (sedersi) sulla panca, accanto al suo nipotino.
8 . . . (Parere) non capire bene.
9 Io . . . (sfogarsi) spesso con mia moglie.
10 Noi . . . (andarsene) prima di loro.

C Sostituire alle parole in corsivo il pronome corrispondente, facendo i cambiamenti necessari:
Esempio: La Rossa aveva portato *notizie nuove* dalla fattoria dei Ceschina.
La Rossa *le* aveva portate dalla fattoria dei Ceschina.

1 La Effa aveva preparato *la roba*.
2 Il vecchio riuscì a cogliere *la nuova pausa*.
3 Si potrebbe caricare *il carro*, prima che faccia scuro.

4 Io non so niente *della guerra.*
5 Il vecchio guardava verso mezzogiorno e vedeva *il campo dei piselli.*
6 Il nonno diede *il cappello al suo nipotino.*
7 La madre gridò *a suo marito* che si preparasse per il viaggio.
8 —Butta giù *i materassi!*—esclamò la Rossa.
9 Vide *il vecchio e il bimbo* seduti sulla panca.
10 Lui avrebbe dovuto parlare *dei suoi problemi.*

D   **Dare una parola con il significato opposto:**

fuori	spingere	tranquillo
pieno	solennemente	silenzio
spalancato	scuro	chinarsi
basso	indifferenza	entrare

E   **Da discutere:**

La personalità della madre.

depose *passato remoto di* "deporre"
profugo chi è costretto ad abbandonare la patria ed a cercare rifugio altrove
perfino anche
padella utensile da cucina in metallo
friggere cuocere in padella
con premura in fretta
che accendiamo in modo che possiamo accendere, perché vogliamo accendere
mobile che si muove
che serviva poco per rischiarare che, in verità, non dava molta luce
staccarsi allontanarsi
girare l'interruttore *turn on the light switch*
lampadina bulbo di vetro che contiene un filamento metallico
Prova sulle scale va' a vedere se funziona la luce della scala
si mosse *passato remoto di* "muoversi"
giunto *participio passato di* "giungere": arrivare
tolto *participio passato di* "togliere"
corrente flusso di elettricità attraverso un conduttore

1 Perché la Effa venne a cercare il vecchio?
2 Dove andavano i profughi nell'altra guerra?
3 Che cosa faceva in cucina la madre quando il vecchio Filippo entrò?
4 Perché si dovevano chiudere le imposte prima di accendere la luce?
5 Perché la madre si allontanò dalla padella?

QUATTRO

Non molto tempo dopo, la figlia venne alla panca dove stava seduto il vecchio col bambino. — Padre, — essa disse. — È pronto da mangiare.

— Va bene, — disse il vecchio, ma non si alzò.

La figlia Effa prese il piccolo Filippo dalla panca e lo depose a terra, tenendolo poi per una mano. — Andiamo, padre, — essa disse.

Il vecchio allora si alzò lentamente, e camminarono insieme verso la porta di casa.

E prima d'arrivare la ragazza domandò: — Nell'altra guerra i profughi andavano anche lontano, non è vero? Ho sentito dire perfino in Sicilia.

— Sí, — disse il vecchio. — Nell'altra guerra.

In cucina era quasi buio. La madre stava attenta a una padella che friggeva sul fuoco, e si voltò quando sentí il vecchio entrare. — È quasi pronto, Mangano, — essa disse con premura. Poi disse anche: — Chiudi le imposte, Effa, che accendiamo la luce.

La ragazza chiuse le imposte, e quando le ebbe chiuse nella cucina ci fu soltanto la luce mobile e rossa del fuoco, che serviva poco per rischiarare. Allora la madre si staccò dalla padella per girare l'interruttore, e la luce non si accese. — Non si accende, — essa disse. — Forse si è bruciata la lampadina. Prova sulle scale, Nino.

Il ragazzo si mosse e giunto alla porta girò l'interruttore due volte, e la luce non si accese. — Niente, — egli disse. — Devono aver tolto la corrente.

50 **Non sarà mica per gli aeroplani** certamente, non sarà a causa degli aeroplani
circondare mettere intorno
si stava male al buio non era molto comodo senza luce
di bruciato di qualcosa che bruciava
fai bruciar lasci bruciare
focolare luogo dove si tiene il fuoco da cucinare
badare a fare attenzione a
cibo tutto quello che si mangia
volerci essere necessario. *Es.* Quanto tempo ci vuole per fare questo? Ci
  vorranno almeno tre ore.
da quella parte in quella direzione

1 Perché il buio faceva tanta paura?
2 Chi non stava male al buio? Perché?
3 Seduto al suo posto, che cosa aspettava il vecchio Filippo?
4 Perché si cominciò a sentir odore di bruciato?
5 Dove andarono insieme Nino e Effa?

— Dio, — disse la madre. — Non sarà mica per gli aeroplani, spero.

Nessuno degli altri disse niente, eccetto il vecchio che bestemmiò. Tutti stavano ad aspettare, come se la luce fosse potuta venire da un momento all'altro. Fuori i cannoni avevano ripreso a sparare piú spesso, ancora piuttosto lontani, ma ad ascoltarli cosí al buio facevano paura.

— Mamma? — chiamò il piccolo Filippo.

— Qua, — disse la Rossa. — Son qua, — e il bambino guidato dalla voce camminò verso sua madre e le circondò le gambe con le braccia, stringendo forte.

— Non è niente, Filippo, — disse la Rossa, e si prese il bambino in braccio.

Tuttavia si stava male al buio.

— Effa, — disse la madre. — Apri una finestra, Effa.

Poca luce entrò nella cucina dalla finestra aperta, ma anche cosí si stava male. Le persone erano pallide per la luce da fuori, con dei riflessi rossi che mandava il fuoco. Il vecchio solo non aveva paura, lui che aveva fatto un'altra guerra e aveva bevuto già molto vino. Tuttavia egli non parlò. Si sedette al proprio posto semplicemente e rimase ad aspettare che gli altri facessero qualcosa.

La padella sul fuoco friggeva, e si cominciò a sentir odore di bruciato. — Moglie, fai bruciar tutto, porcodio, — disse il vecchio allora.

La madre tornò presso il focolare e riprese a badare al cibo che cuoceva. — Ci vorrebbe un po' di luce, — disse. — Almeno la lanterna della stalla.

— Vai tu a prendere la lanterna, Nino, — disse la Rossa.

— Sí — disse Nino.

— Effa, vai anche tu con Nino, — disse la madre.

La Effa e Nino uscirono lasciando la porta aperta sull'aia, ma da quella parte il cielo era completamente scuro. Il piccolo Filippo sta-

52

appoggiato   posato

spalla   parte superiore del tronco, corpo umano

stretto   *qui:* vicinissimo

la roba da cucinare   le padelle ed altre cose con cui si preparano i pasti

vincere   dominare, conquistare

senso   sensazione

serve di più   è più utile. *Es.* Ti serve questa roba? Quei libri non mi servono.

Chissà   chi sa

rami   *copper pots and pans*

Da un pezzo   da parecchio tempo

Cosa c'è?   Che cosa ti dà fastidio, noia?

mancare   non essere là dove dovrebbe essere

quasi non ne sapesse niente   come se non sapesse niente del vino

rassegnato   che accetta l'inevitabile

amaro   doloroso, sconsolato

aver bisogno (di)   necessitare. *Es.* Ho bisogno di venti dollari per comprare questo vestito.

mettersi a   cominciare, iniziare

gridare   parlare a voce molto alta, urlare

Cosa . . . bere?   Che cosa ti dà il diritto di dirmi se devo o se non devo bere?

Stai a vedere   guarda un po'

Tanto è lo stesso   in ogni modo non fa nessuna differenza

1   Perché il bambino si teneva stretto contro sua madre?
2   Perché la madre cominciò a parlare della roba da cucinare?
3   Perché la madre non aveva messo in tavola il vino?

va con la testa appoggiata su una spalla di
sua madre, e si teneva stretto contro di lei.

— Non so come fare con la roba da cucinare, — disse la madre. Si capiva che essa
parlava soprattutto per vincere quel senso di
paura che veniva dal buio e dal rumore dei
cannoni.

— La metteremo in un cesto, con un po' di
paglia, — disse la Rossa.

— Chissà se ci sono ancora dei cesti, — disse la madre. — E poi, non ci sta niente, in un
cesto.

— Porteremo solo quello che ci sta, — disse
la Rossa. — Quello che serve di piú.

— E tutto il resto, Rossa? — domandò la
madre. — E i rami? Credi che li troveremo,
dopo?

— Forse, — disse la Rossa. — Se avremo
fortuna.

Da un pezzo il vecchio seduto cercava con
le mani sulla tavola davanti a sé. Alla fine bestemmiò forte.

— Cosa c'è, Mangano? — domandò la madre.

— C'è che manca il vino, — disse il vecchio.

— Il vino? — fece la madre, quasi non ne
sapesse niente.

— Sí, il vino, — disse il vecchio.

— Bene, — disse la madre. — Non l'ho
messo in tavola.

— Come, non l'hai messo in tavola, — disse il vecchio. — Che razza di casa è questa che
non si mette il vino in tavola?

La madre rispose solo dopo un po' di tempo,
e la sua voce era rassegnata ed amara. Disse:
— Non dovresti bere in una notte come questa, Mangano. Avremo bisogno anche di te.
Tutti devono dare quello che possono.

Il vecchio si mise a gridare. — Porcodio, —
gridò. — Cosa vuoi sapere tu se devo bere o
non bere? Stai a vedere che devo lasciarmi
comandare anche in questo, adesso.

— Lascialo bere, madre, — disse la Rossa.
— Tanto è lo stesso.

sopportare tollerare

sospirare *to sigh*

per conto suo da solo e a bassa voce

fino a che *until*

Avete trovato? *— oggetto:* la lanterna

Porta qua *— oggetto:* la lanterna

regolare aggiustare

stoppino *wick*

vetro *Es.* Le bottiglie e gli specchi sono fatti di vetro.

scarso insufficiente

appese *passato remoto di* "appendere": attaccare

gancio oggetto su cui si attacca, si appende qualcosa

Quindi poi

boccale contenitore, recipiente

neanche nemmeno, neppure

riuscire *qui:* diventare

animarsi farsi vivace

seggiola sedia

cucchiaio utensile da tavola con cui si mangiano i cibi più o meno liquidi

picchiare colpire, battere

pietra *qui:* superficie piatta vicino al fuoco

battere colpire, picchiare

1 Perché era molto triste la madre?
2 Perché non funzionava bene il lume portato dalla stalla?
3 Dove tenevano il boccale del vino?
4 Perché era tanto difficile parlare o muoversi?
5 Chi è l'unico ad animarsi con quel po' di luce? Perché?
6 Quando lo sedettero sulla seggiola alta, cosa cominciò a fare il bambino?

La madre era molto triste. Per un poco sopportò sentire il vecchio che brontolava bestemmie. Poi sospirò e disse: — Stai buono, Mangano. Adesso quando viene la luce ti darò il vino.

Il vecchio continuò a brontolare per conto suo, fino a che arrivarono la Effa e Nino. Entrarono nella cucina e chiusero la porta.

— Avete trovato? — domandò la Rossa.

— Sí, — rispose Nino.

— Porta qua, allora, — disse la madre. — E tu, Effa, chiudi di nuovo le imposte.

La madre accese il lume e regolò lo stoppino. Il vetro era sporco e la luce scarsa, tuttavia era sempre meglio del buio. Essa appese il lume ad un vecchio gancio che scendeva dal soffitto proprio sopra la tavola. Quindi aprí la credenza e prese il boccale del vino e lo depose davanti al vecchio, senza dir nulla. I ragazzi guardarono, ma neanche loro dissero nulla. Vi era un senso pesante di tristezza, cosí che riusciva difficile parlare o muoversi. Solo il piccolo Filippo si animò nuovamente con quel po' di luce, e la Rossa lo sedette al suo posto, sulla seggiola alta. Egli prese il cucchiaio e cominciò a picchiarlo sulla tavola.

— Effa, — disse la Rossa. — Sai se ci sono altri cesti in granaio?

— No, — rispose la ragazza, — li ho presi tutti.

— Ce n'è uno fuori in magazzino, — disse Nino.

— Dovresti andarlo a prendere, Nino, — disse la Rossa. — Vai anche tu con lui, Effa.

— Non importa, — disse il ragazzo. — Vado da solo. Mi ricordo bene dov'è.

— Fa' presto, Nino, — disse la madre. — Noi cominciamo a mangiare.

Sulla pietra del focolare la madre cominciò a preparare i piatti, e la figlia Effa le stava vicino aspettando per portarli in tavola. Il bambino continuava a battere il cucchiaio.

per carità   per favore

da mangiare   la cena

si fermò nell'attesa   aspettò senza muoversi

stare zitto   stare senza parlare

lampo   *lightning*

ansiosamente   con ansietà; *opposto di* "tranquillamente"

Almeno . . . qualcuno — N.b. l'uso del congiuntivo. *Es.* Almeno fosse qui, potremmo cominciare.

Macché   *Esclamativo con cui il ragazzo vuol dire che non è d'accordo con la madre.*

posata   utensile da tavola: forchetta, coltello, cucchiaio ed altri

talvolta   qualche volta

in un gesto . . . fare   *in whatever movement she happened to be making at the moment*

vanno attaccate al carro   dobbiamo legare le bestie al carro

la leghiamo — N.b. la ripetizione del complemento oggetto: la vacca.

ammazzare   dare la morte, uccidere

1   Perché il vecchio si levò a metà sulla sedia?
2   Cosa fece il vecchio quando incontrò gli occhi della Rossa? Perché?
3   Che rumore veniva da fuori mentre stavano mangiando?
4   Che cosa intendono fare con i due buoi e la vacca?

— Stai buono, Filippo, per carità, — **disse** allora la Rossa. — Adesso la zia ti porta subito da mangiare.

Il bambino si fermò nell'attesa, col cucchiaio alzato. Guardò il nonno e poi la Rossa e poi il nonno ancora, e disse forte: — Quel sacramento di tua madre.

Il vecchio si levò a metà sulla sedia. Aveva il viso contento e stava per dire qualche cosa, ma incontrò gli occhi della Rossa e stette zitto.

Nino entrò col cesto. — Sparano, — disse. — Si vedono anche i lampi.

— Dove? — domandò la madre ansiosamente.

— Bah, — disse il ragazzo. — È ancora lontano. Forse sono tedeschi.

— Facciamo presto a mangiare, — disse la Rossa. — C'è ancora tanta roba da preparare.

Mangiarono in silenzio. Veniva da fuori il rumore dei cannoni, e benché non desiderassero sentirlo tuttavia stavano ad ascoltarlo. — Pare piú vicino di oggi, — disse Nino dopo un poco.

— Dio, — disse la madre. — Almeno venisse qualcuno a dirci qualche cosa. Gli altri giorni avevano già finito di sparare, a quest'ora.

— Macché, — disse Nino. — Delle volte hanno sparato anche tutta la notte, si **sentiva** bene.

Per qualche tempo non si sentí che il rumore delle posate sui piatti, e sempre quello dei cannoni dal di fuori. E la madre era pensierosa e preoccupata, piú di tutti, e talvolta stava improvvisamente ferma, in un gesto qualsiasi che si trovava a fare. Infine disse: — Non so come faremo con le bestie, Rossa.

— Ma vanno attaccate al carro, madre, — disse la Rossa. — I due buoi davanti, e la vacca la leghiamo dietro.

— No, non questo, — disse la madre. — Pensavo al pollame e al maiale.

— Mah, — disse la Rossa. — Il maiale si potrebbe ammazzarlo, se ci fosse tempo anche domani.

58 **tutto ad un tratto** all'improvviso
sollevare alzare
Statemi bene a sentire ascoltatemi attentamente
mettetevelo bene in testa ricordatevelo bene
ragionare conversare, parlare
aver voglia di desiderare
Su *Esortazione:* Coraggio! *Es.* Su, andiamo! Su, raccontami tutto!
pesare *opposto di* "essere leggero"
penoso doloroso, angoscioso
sopra pensiero preoccupato, assorto in pensieri
Non molto . . . capire a suo parere, non era cambiato molto

1 Perché il vecchio bestemmiò forte?
2 Per quali ragioni non voleva ammazzare il maiale?
3 Perché si alzarono pronti da tavola?
4 Perché la Rossa non mise a letto suo figlio?
5 Quali rumori ascoltava il piccolo Filippo?

A questo punto il vecchio bestemmiò forte. Pareva che egli non pensasse a nient'altro che al cibo e al vino, e invece tutto ad un tratto sollevò la testa e bestemmiò. — Statemi bene a sentire, — disse. — Una volta per tutte. Qui il padrone sono io, mettetevelo bene in testa. Il maiale non si ammazza. Non è questa la stagione di ammazzare i maiali, porcodio.

— Ma non arrabbiarti, Mangano, — disse la madre. — Si stava solo ragionando, per vedere quello che sarebbe meglio fare.

— Il maiale non si ammazza, — disse il vecchio.

Nessuno gli rispose, neanche la Rossa che aveva una grande voglia di dire qualche cosa. Cosí finirono di mangiare in silenzio. Il piccolo Filippo cominciava a cadere dal sonno.

— Su, Effa, — disse la madre. — Portami i piatti da lavare. E tu, Nino, vai fuori a prendere un po' di paglia.

Tutti si alzarono pronti da tavola, meno il vecchio, naturalmente, e il bambino. Non c'era niente che si potesse dar da fare a loro.

— Dove vai, mamma? — domandò il bambino.

— In nessun posto, vado, — disse la Rossa. Essa guardò suo figlio, attenta. La testa gli pesava per il sonno, perché era venuta per lui la sua ora di dormire. Ma non poteva metterlo a letto, se i materassi erano già sul carro, e non si sapeva cosa sarebbe accaduto in quella notte. Certo, delle cose penose per i piccoli bambini. Gli accarezzò i capelli, sopra pensiero, poi gli fece appoggiare le braccia sulla tavola e la testa sulle braccia. — Dormi un poco cosí, — disse.

Per qualche tempo il bambino tenne gli occhi aperti, ascoltando anche i rumori della cucina, la nonna che lavava i piatti e la Rossa e la Effa che si muovevano da una parte all'altra. Non molto era cambiato di quanto egli poteva vedere e capire. Il nonno aveva gridato un poco piú del solito, e mancava la luce, e fuori dalla porta c'era il carro, e la zia Effa

servire essere utile – *soggetto:* il carro

1 Cosa non capiva bene il bambino?
2 Perché si era confusa la sua mente?
3 Dove finì per addormentarsi?

aveva detto che serviva per andare sulle montagne. Non si capiva molto, andare sulle montagne. Tra poco sua madre lo avrebbe preso in braccio e l'avrebbe portato di sopra nel grande letto, e anche lei si sarebbe messa a dormire da una parte, e la zia Effa dall'altra. Per il sonno la sua mente si era confusa, egli non pensava piú che i materassi erano sul carro fuori dalla porta. Cosí finí per addormentarsi sulla tavola, e non molte cose erano cambiate.

ESERCIZI

A Mettere i verbi regolari in corsivo al passato remoto:

1 Il bambino *si è staccato* da sua madre.
2 Per un poco *ha sopportato* le bestemmie del vecchio.
3 Nino *si è fermato* a parlare con sua sorella.
4 Quando Effa *è entrata* in cucina, il vecchio *si è alzato*.
5 Noi *siamo usciti* per prendere una lanterna dalla stalla.
6 La madre stava attenta a una padella ma *si è voltata* quando *ha sentito* il rumore dei cannoni.
7 A questo punto il vecchio *ha bestemmiato* forte.
8 Il bambino *ha cominciato* a battere il cucchiaio.

B Mettere i verbi irregolari in corsivo al passato remoto:

1 Che cosa gli *ha risposto* il vecchio?
2 Quanti tedeschi *sono rimasti* e quanti *hanno deciso* di partire?
3 *Abbiamo chiuso* le imposte prima di mangiare.
4 I bambini *si sono mossi* verso la porta.
5 —Chi *ha messo* il vino in tavola?—gridò la madre.
6 Il vecchio *ha preso* la bottiglia di vino.
7 Effa *ha chiuso* la finestra e poi *ha acceso* la luce.
8 Le *ha detto* di non tornare subito.

C Completare con la forma corretta del condizionale:

1 Il vecchio . . . (continuare) a brontolare per conto suo.
2 Il ragazzo . . . (girare) l'interruttore due volte.
3 Solo il piccolo Filippo . . . (animarsi) con quel po' di luce.
4 Poca luce . . . (entrare) nella cucina dalla finestra aperta.
5 La madre disse: —Non . . . (dovere) bere in una notte come questa.

D Usare in frasi complete:

1 prendere in braccio
2 stare attento a
3 stare zitto
4 a terra
5 aver bisogno di
6 addormentarsi
7 da un momento all'altro
8 accendersi

E Sostituire alle parole in corsivo le forme appropriate del partitivo:

Esempio: Sarebbe meglio portare *il vino.*
Sarebbe meglio portare *del vino.*
Sarebbe meglio portare *un pc' di vino.*

1 Chi sa se gli abbiano dato *i soldi*?
2 Abbiamo visto arrivare *la gente.*
3 Hanno incontrato *le povere donne* per la strada.
4 È andato a prendere *le galline.*
5 Ho respirato *aria fresca.*
6 Lui vide *i lampi* all'orizzonte.

F **Da discutere:**

1 Descrivere la scena familiare in cucina: in che senso rivela una realtà di ogni giorno e allo stesso tempo il momento difficile della guerra?
2 In che modo il vecchio Mangano cerca di riaffermare il suo controllo in famiglia?

si sentì bussare sentirono qualcuno battere

tesero *passato remoto di* "tendere"; tendere l'orecchio: prestare attenzione, ascoltare

infilarsi mettersi dentro, entrare

salutare *qui:* dire "buona sera"

importante con l'aria di essere importante

frumento grano

fin passato il ponte di là dal ponte, oltre il ponte

qua sotto qui vicino

più presto *qui:* in meno tempo

1 Che cosa si sentì mentre la madre stava ancora lavando i piatti?
2 Perché Nino aprì solo una parte della porta?
3 Come era vestito il ragazzo Ceschina?
4 Che cosa stavano per fare i Ceschina?
5 Perché non potevano portare via tutto quello che le donne volevano?

CINQUE

La madre stava ancora lavando i piatti quando si sentí bussare alla porta di dietro. Essa si fermò per non far rumore, e tutti tesero l'orecchio. Di nuovo bussarono alla porta. — C'è qualcuno fuori, — disse la madre, con una leggera ansietà.

— Vado io, — disse Nino. Si avvicinò alla porta, e ne aprí solo una parte per non far uscire la luce. Era il ragazzo Ceschina. S'infilò dentro e salutò dopo essersi guardato intorno. Era un po' piú giovane di Nino, ma anche lui serio e importante, con le scarpe, e il vestito buono, e in testa un cappello nuovo del tipo di quelli che portano gli uomini.

— Sei solo? — domandò la madre.

— Sí, — disse il ragazzo Ceschina. — Sono venuto a dirvi che noi andiamo via.

Per un momento nessuno disse nulla. Poi la Rossa domandò: — Avete deciso dove andare?

— Per adesso andiamo a Castelmonte, — disse il ragazzo.

— Portate via molta roba? — domandò la madre.

— Tutto quello che ci stava sul carro — disse il ragazzo. — Le donne volevano portare di piú ma non ci stava. E mio padre ha paura per il frumento che è fuori.

— Sicuro, — disse il vecchio Mangano.

— Il carro va per la strada grande fin passato il ponte, — disse il ragazzo. — Io e mio fratello invece andiamo con le bestie e passiamo il fiume qua sotto. Si fa piú presto.

— Sicuro, — disse ancora il vecchio.

— Ma vi fermerete a Castelmonte? — domandò la Rossa.

66   trovarci tutti insieme   incontrarci
da quelle parti   in quella zona
se . . . carro   se riusciamo a passare con il carro
stare male   non essere appropriato, adatto
da qualche parte   in qualche luogo
stanotte   questa notte
Bisogna   è necessario
farina   Es.   La farina è l'ingrediente principale del pane.

1   Perché i Ceschina andavano prima a Castelmonte?
2   Come stava il cappello nuovo sul ragazzo? Perché?
3   Perché doveva andare?
4   Che cosa voleva offrirgli il vecchio?

— No, no, — disse il ragazzo. — A Castelmonte andiamo per trovarci tutti insieme, col
carro e le bestie. Poi andremo avanti e mio padre dice che c'è un'altra strada che va a Pietravalle, e dice che noi andremo da quelle parti, se ci si passa col carro.

— Sicuro, — disse la madre. — È una buona
idea.

— E voi non andate via? — domandò il ragazzo Ceschina.

— Sí, penso che andremo via anche noi, —
disse la madre.

E la Rossa disse: — Può darsi che ci troviamo insieme a Castelmonte, o verso Pietravalle.

Per un momento nessuno trovò niente da
dire. Il ragazzo Ceschina si tolse il cappello
nuovo, lo guardò e se lo rimise in testa. Un
cappello di quella forma stava molto male sopra il suo viso di ragazzo. — Bene, — egli disse
dopo un poco. — Io spero che ci vedremo.

— Sicuro che ci vedremo, — disse la madre.

— Adesso devo andare, — disse il ragazzo.
— Mio fratello è già avanti con le bestie.

— Aspetta un poco, — gridò il vecchio Mangano. Poi verso la madre egli disse: — Moglie,
dàgli un bicchiere di vino, almeno.

— Lasciate stare che non importa, — disse il
ragazzo. — Adesso devo andare.

— Sí, è meglio se parti subito, — disse la
madre. — Grazie a te e anche a tuo padre. Digli che ci vedremo da qualche parte, stanotte
o domani.

— Va bene, — disse il ragazzo Ceschina.

Quand'egli fu uscito tutti rimasero fermi e
in silenzio. Accanto al bambino che dormiva,
anche il vecchio cominciava ad esser preso dal
sonno. Per lui il rumore dei cannoni non aveva la grande importanza che aveva per gli altri.

— Bene, — disse improvvisamente la Rossa.
— Io credo che se dobbiamo andare è meglio
far presto.

— Sí, — disse la madre. — Facciamo presto.
Bisogna riempire il cesto, e poi preparare tutta
la roba che c'è da mangiare, anche la farina.

in giro   intorno, qua e là
darsi da fare   occuparsi, affaccendarsi
volerci   essere necessario
scegliere   decidere fra diverse cose
mettere da parte   mettere in un luogo determinato
addormentarsi   prendere sonno. *Es.* Il bambino era così stanco che si addormentò subito.
frattanto   nel medesimo tempo
puntellato   sopportato
ogni tanto   a volte, sporadicamente
si tratta di caricare   bisogna mettere la roba sul carro
dare una mano a   dare dell'aiuto a, aiutare
Mi sa   mi pare, mi sembra
Tanto   in ogni modo, tuttavia
pur(e)   *qui:* certamente
Appena caricato   quando il carro è caricato
stette   *passato remoto di* "stare"
Girò lo sguardo con lentezza   guardò lentamente
tenerci   *qui:* rimanere

1   Perché la madre non voleva lasciare in giro la roba da mangiare?
2   Che cosa faceva il vecchio Filippo mentre gli altri si preparavano ad andare
     via?
3   Cosa faceva la madre mentre lavorava?
4   Perché la Rossa voleva svegliare il vecchio?
5   Perché la madre pensava che fosse meglio lasciarlo dormire?

Ho paura che se lasciamo in giro roba da mangiare dopo non la troviamo piú.

— Di questo si può star sicuri, — disse la Rossa.

— Sí, — disse la madre. — Ma non so come faremo col pollame e col maiale.

— Ci penseremo dopo, madre, — disse la Rossa. — Intanto diamoci da fare con la roba da portar via.

Ci volle un po' di tempo per scegliere e metter da parte la roba che bisognava portare. Il vecchio si addormentò, frattanto, con la testa puntellata ad un braccio. Gli altri lavoravano in silenzio, eccetto la madre che ogni tanto si metteva a pensare ad alta voce, sempre del pollame e del maiale. Alla fine un grande mucchio di roba fu pronto sul pavimento.

— Ecco, — disse la madre. — Adesso si tratta di caricare.

La Rossa indicò il vecchio. — Sveglialo, madre, — disse. — Vediamo se ci dà una mano anche lui.

— Uh, — disse la madre. — Mi sa che è meglio lasciarlo stare.

— Sveglialo, sveglialo, — disse il figlio Nino. — Tanto dovrà pur venire anche lui. Appena caricato noi partiamo.

La madre stette ancora incerta, ma poi si avvicinò al vecchio e lo chiamò toccandolo su di una spalla. — Mangano, — disse. — Penso che sarebbe meglio partire, non è vero?

Il vecchio si svegliò tristemente. Girò lo sguardo con lentezza dalla madre alla Rossa, ai figli. Infine si fermò con gli occhi sul mucchio di roba preparata. — Voi andate dove volete, — disse. — Io non mi muovo di qua. Questa è la mia casa.

— Non puoi rimanere qua, Mangano, — disse la madre pazientemente. — Noi dobbiamo tenerci tutti insieme. Vedrai che torneremo, fra due o tre giorni.

— Questa è la mia casa, — disse il vecchio.

— Meriterebbe che lo lasciassimo qua solo, — disse la Rossa.

70 **caricare**   mettere animali, persone o cose sopra un mezzo di trasporto
si sentiva stringere il cuore   sentiva dolore
Non . . . così   non devi parlare in questa maniera
portare *qui:* avere
scosse *passato remoto di* "scuotere": agitare, muovere bruscamente
capo   persona che comanda, dirige
lasciare   permettere
fissò . . . figlia   guardò la figlia fissamente
commozione   emozione
come . . . maiale?   come riuscirai a portare con te il maiale?
Magari . . . carro   si potrebbe legarlo e buttarlo sul carro
rianimarsi   farsi di nuovo vivace
d'un tratto   inaspettatamente, improvvisamente

1   Perché la madre si sentiva stringere il cuore?
2   Che cosa disse Effa al vecchio che quasi lo fece piangere?
3   Che cosa voleva portare con sé il vecchio?

La madre si girò verso la Rossa, con dolore.
— Non devi dir questo, Rossa, — disse. — Dobbiamo tenerci tutti insieme.

— Oh, dicevo solo che meriterebbe, — disse la Rossa. — Ma come facciamo se non vuol muoversi?

— Vedrai che verrà anche lui, — disse la madre.

E il figlio Nino disse: — Lo leghiamo con una corda e lo carichiamo sul carro.

La madre si sentiva stringere il cuore, per queste cose. — Non devi dir cosí, Nino, — essa disse. — È tuo padre. Bisogna portargli rispetto.

— Sí, ma dovrebbe servire a qualche cosa anche lui, — disse il figlio Nino.

La madre scosse la testa dolorosamente, e non sapeva che fare.

Allora la figlia Effa si mosse e si avvicinò al vecchio. — Padre, — disse. — Verrai anche tu con noi, non è vero? Abbiamo bisogno di te. Sei il capo della famiglia, non puoi lasciarci andar soli.

Il vecchio fissò gli occhi in volto alla figlia, ed erano occhi umidi e luminosi. Lei non gli aveva mai parlato cosí. Nessuno gli aveva mai parlato cosí, in quella casa. E lui si sentí pieno di un amore immenso, che non poteva esprimersi. Ma subito tutto gli si confuse dentro, perché era ubriaco, e non gli restò che una stupida commozione. Fece un gesto disperato. — Non voglio che si ammazzi il maiale, — disse. Pareva che fosse sul punto di piangere.

— Non ammazzeremo il maiale, — disse la figlia Effa.

— Vedrai che lo porteremo con noi, — disse la madre.

— Madre, come vuoi fare a portarti dietro il maiale? — domandò la Rossa.

— Lo porteremo, in qualche modo, — disse la madre. — Magari lo leghiamo e lo buttiamo sopra il carro.

Il vecchio si rianimò d'un tratto. — Moglie,

se è è veramente
Quanto a questo per quanto riguardava questo
non correva molta differenza non c'era molta differenza
quando non lo era quando non era ubriaco
allontanarsi andar lontano
verso in direzione di
chiacchierare parlare di cose leggere
assorto immerso
Forza *Esortazione:* Su, al lavoro!
mettere a posto mettere in ordine
Dalla parte di mezzogiorno verso (dal) il sud
ingombro *qui:* caricato al limite
Non ci si vede niente qui, non si vede niente; è impossibile vedere qualcosa
sparso qua e là
andate facendo state facendo

1 Perché il vecchio si rianimò d'un tratto?
2 Perché i due uomini uscirono di casa?
3 Perché la madre si sentiva così triste?
4 Cosa cominciarono a fare le donne?
5 Perché la Rossa salì sul carro?
6 Che cosa si vedeva mentre lavoravano?
7 Perché era difficile lavorare quella notte?
8 Che cosa si vide attraverso la porta aperta del magazzino?
9 Perché Nino non riusciva a trovare la corda?

questa è una buona idea, — gridò e sorse in
piedi. — Sacramento, se è una buona idea. —
Riusciva a stare in piedi abbastanza bene. Quanto a questo non correva molta differenza fra
quando era ubriaco e quando non lo era. Fece
anche un gesto largo con la mano, e la fermò
in direzione del figlio Nino. — Nino, — disse.
— Noi uomini andiamo a prendere il maiale.

I due uomini uscirono dalla porta di dietro
e mentre si allontanavano verso il porcile si
sentí per un poco il vecchio che continuava a
chiacchierare con entusiasmo. E la madre restava assorta in una dolorosa tristezza.

— Forza, madre, — disse allora la Rossa.
— Mi pare che stiamo perdendo tempo per
niente.

Cominciarono a portar fuori la roba, e la
Rossa salí sul carro per metterla a posto. Dalla
parte di mezzogiorno si vedevano dei lampi im-
provvisi, e qualche tempo dopo arrivava il rumore del cannone. — Speriamo che quelli siano i tedeschi, — disse la Rossa.

— Lascia un po' di posto per il maiale qua
in fondo, — disse la madre.

La Rossa si muoveva con difficoltà in mezzo
alla roba di cui era ingombro il carro. — Non
ci si vede niente, — disse. — Almeno ci fosse
la luna.

— Verrà fuori dopo mezzanotte, la luna, —
disse la ragazza Effa.

Faceva ancora caldo, ma la notte era limpi-
da, con stelle senza numero e solo qualche nuvola sparsa, piú nera del resto del cielo.

Attraverso la porta aperta del magazzino si
vide una piccola luce accendersi dentro, e subito si spense. Poi se ne accese un'altra.

— Nino? — chiamò la madre.

— Sí, — rispose il ragazzo. Anche la seconda luce si spense.

— Cosa andate facendo, Nino? — domandò
la madre.

— Cerco la corda, — disse il ragazzo. — Doveva essere qua dentro.

— Oh, l'ho presa io, — disse la madre.
— Dev'essere tesa fra l'albero e la stalla.

74   **duramente** bruscamente
       faceva sì ... mettesse a per conseguenza ogni tanto cominciava a
       duro grave, serio
       novello *qui:* giovane
       fare fatica lavorare molto
       tirare su *qui:* far crescere
       lo stesso ugualmente, in ogni modo
       staccare *opposto di "attaccare"*
       fiammifero *Es.* Si accendono le sigarette con i fiammiferi.
       buio scuro, senza luce
       le braci *embers*
       oppure o
       cenere residuo della combustione di una cosa. *Es.* Se fumi una sigaretta, sta'
          attento a non lasciar cadere le ceneri.
       chiarore luce
       respiro respirazione
       mosse *passato remoto di "muovere"*

   1   Come appariva la cucina quando le donne rientrarono?
   2   Perché la madre e la Rossa guardavano intorno alla cucina?
   3   Che cosa cercò nell'oscurità della cucina la Effa?

— Potevi dirlo anche prima, — disse il ragazzo duramente.

L'entusiasmo per il maiale continuava nel vecchio, e faceva sí che ogni tanto si mettesse a gridare qualche cosa.

La roba fu presto caricata sul carro, e le donne rientrarono in cucina. Malgrado il rumore che avevano fatto, il bambino dormiva sempre, con la testa posata sulle braccia. Alla scarsa luce del lume la cucina appariva triste, tutta in disordine e quasi devastata. La madre e la Rossa guardavano intorno con un viso duro, forse per vedere se c'era ancora qualcosa da prendere, o solo per guardare ciò che dovevano lasciare.

— Le galline possiamo prenderle e caricarle sul carro, — disse ad un tratto la Rossa.

— Sí, questo l'avevo pensato anch'io, — disse la madre. — Ma non possiamo prenderle tutte. E poi ci sono tutti quei polli novelli. Ho fatto tanta fatica a tirarli su.

— Loro staranno qua, — disse la Rossa. — Lasceremo la porta aperta e cosí troveranno lo stesso da mangiare, per due o tre giorni.

— Speriamo di trovarli ancora, tornando, — disse la madre.

— Andiamo, allora, — disse la Rossa. — Forse ci servirà il lume. Tu stai qui con mio figlio, Effa, non è vero?

— Sí, — rispose la ragazza.

La Rossa staccò il lume dal gancio e prese dei fiammiferi. Poi uscí con la madre dalla porta di dietro, dopo aver spento il lume.

Nella cucina rimasero la ragazza Effa e il bambino seduto sull'alta seggiola, che dormiva posando la testa sulle braccia. Le due porte erano rimaste aperte, ed entrava un po' di fresco nell'aria calda della cucina. Era completamente buio. Anche le braci del focolare si erano spente, oppure le aveva coperte la cenere, e non davano chiarore alcuno. La ragazza camminò piano nell'oscurità e cercò una sedia per mettersi accanto al piccolo che dormiva. Ascoltò per un poco il respiro leggero, quindi mosse

sottile   fine, non grosso

calore mite   caldo naturale del corpo umano, molto temperato

biascicare   parlare in modo inintelligibile, balbettare

ritrasse   *passato remoto di* "ritrarre": tirare indietro

di quando in quando   di tanto in tanto; non continuamente, ma sporadicamente

1   Cosa fece il bambino quando la zia lo toccò teneramente con la mano?
2   Con la testa posata su un braccio, cosa si mise a fare la Effa?

una mano teneramente e trovò la testa del bambino e ne sentí i capelli sottili e il calore mite. Il bambino mosse la bocca biascicando, e sospirò. Allora la ragazza ritrasse la mano e posò un braccio sulla tavola e la testa sul braccio, e si mise a piangere, con disperazione e senza far molto rumore. Fuori i cannoni sparavano, di quando in quando. Poi il maiale cominciò a strillare con voce acuta.

5

ESERCiZi

A Completare con la forma corretta dell'imperfetto del congiuntivo:

 1 Sperava che il maiale non . . . (fare rumore).
 2 Credevamo che il vecchio . . . (essere) ubriaco.
 3 Pareva che lui non . . . (capire).
 4 Può darsi che loro . . . (avere paura).
 5 Meriteresti che io ti . . . (lasciare) qui solo.
 6 Bisognava che il vecchio Mangano . . . (aiutare) gli altri.
 7 Sembrava che i cannoni . . . (sparare) da parecchie ore.
 8 La madre credeva che suo nipote . . . (dormire).
 9 Era l'unica cosa che . . . (piacere) al vecchio.
10 Può darsi che loro . . . (vedersi) spesso.

B Completare con la forma corretta del trapassato del congiuntivo:

 1 Era impossibile che Nino non . . . (trovare) la lanterna.
 2 L'avrei veduto se . . . (venire) in tempo.
 3 Pareva che i tedeschi . . . (avvicinarsi) al paese.
 4 Può darsi che il vecchio non . . . (sentire) il rumore.
 5 Speravamo che loro . . . (arrivare) prima di noi.
 6 Pensava che la famiglia . . . (partire) il giorno prima.
 7 Non si sapeva se il capitano . . . (ricevere) l'informazione.
 8 Gli pareva che le donne . . . (perdere) molto tempo.
 9 Sebbene il professore . . . (esprimersi) bene, parecchi studenti facevano finta di non avere capito.
10 Sarebbe stato meglio che la Rossa non lo . . . (svegliare).

C Mettere il verbo in corsivo nella forma impersonale:
   Esempio: Le donne *lavano* i piatti in cucina.
             Si lavano i piatti in cucina.

 1 Loro *bussarono* alla porta.
 2 Noi *vedemmo* una piccola luce accendersi dentro.
 3 Dove *vanno* a quest'ora?
 4 Noi *facciamo* colazione prima di andare a scuola.
 5 Le donne *rientrarono* in cucina perché faceva già tardi.
 6 *Compriamo* molte cose al mercato.
 7 *Dicono* che non è un lavoro molto facile.
 8 *Cominciarono* a portar fuori la roba.

D Tradurre le parole in parentesi:

 1 Effa si mise a piangere (*without making any noise*).
 2 Lasceremo la porta aperta, così le galline (*will find something to eat*).
 3 (*It takes some time*) per scegliere la roba che bisogna portare.

4 (*He took off his hat*) perché non gli stava bene.

5 (*It's better to hurry*) se dobbiamo andar via.

6 (*Will the light help you?*) L'ho trovata nella stalla.

E   Da discutere:

1 Che cosa pensa la madre dell'atteggiamento della Rossa e di suo figlio Nino verso il vecchio Mangano?
2 Per quale motivo il vecchio diventa improvvisamente entusiasta del maiale e del viaggio?

faccenda lavoro, cosa da fare
per via di a causa di
ci si era messo aveva incominciato (a caricare il maiale)
per poco . . . non quasi
scappare fuggire, correre via in fretta
rimanere di guardia fare la guardia, guardare per proteggere o difendere
portato di peso portato sollevato, alzato da terra
essere orgoglioso di avere vanto e onore (di qualcosa o di qualcuno)
come se stessero per come se fossero sul punto di
scannare uccidere, tagliando le arterie del collo
grugnire *to grunt*
strillo grido alto e acuto
tardare non arrivare a tempo
pastone mistura di acqua e farina che mangiano gli animali
zampa piede di un animale
ormai a questo punto
si trattava solo di partire stavano per partire
ad un tratto all'improvviso, in un momento
Sicuro certamente, sicuramente
mica borghesi non sono certamente dei civili

1 Perché il vecchio era rimasto sulla porta del porcile?
2 Cosa faceva il maiale mentre lo caricavano sul carro?
3 Quando si calmò il maiale?
4 Dove avevano lasciato le galline più belle?
5 Chi andò a prenderle?
6 Perché gli altri rimasero intorno al carro?
7 Che cosa sentivano passare per la strada grande?
8 Cosa voleva portare con sé il vecchio?

sei

Fu una faccenda lunga e difficile caricare il
maiale, soprattutto per via del buio. Il vecchio
ci si era messo col suo entusiasmo, e per poco
il maiale non gli era scappato quando il figlio
Nino era entrato nel porcile ed egli era rimasto   5
di guardia sulla porta. Poi vennero ad aiutare
anche la madre e la Rossa, e allora il maiale
fu legato e portato di peso sul carro. Era un
maiale di sette mesi, non ancora grasso, ma
con una grande forza, e una piú grande voce.   10
Il vecchio era molto orgoglioso di quel maiale,
e piú strillava e piú era contento. E il maiale
strillava davvero, come se stessero per scan-
narlo. Tuttavia si calmò dopo un poco che fu
disteso sul carro, e si limitò a grugnire ogni   15
tanto con qualche strillo, come quando la madre tardava a portargli il pastone da mangiare.
— Adesso possiamo anche caricare le galline, Rossa, — disse la madre.
Avevano preso soltanto le galline piú belle,   20
e le avevano lasciate dietro la casa, legate a
due a due per le zampe. La Rossa andò per
prenderle. Gli altri rimasero ad aspettare intorno al carro, in silenzio, per sentire i rumori,
e anche perché ormai erano quasi pronti e si   25
trattava solo di partire.
— Senti quante macchine passano per la strada grande, — disse ad un tratto il figlio Nino.
— Che sia gente che scappa? — domandò
la madre.   30
— Sicuro, — disse il ragazzo. — Soldati,
mica borghesi.
— Io dico che sarebbe meglio portare anche un po' di vino, — disse il vecchio. — Ci

Magari   almeno, forse
damigiana   bottiglia di vetro assai grande
intanto   in quello stesso tempo, nel frattempo
pensarci   *qui:* provvedere. *Es.* Non si preoccupi, ci penseremo noi.
del tutto   completamente
Appena   *qui:* soltanto
s'è deciso   abbiamo deciso di andare
Per andare andiamo   giacché abbiamo deciso di andare è meglio andare
ecco tutto   *that's all*
Tacquero   *passato remoto di* "tacere": stare zitto, non parlare

1   Perché facevano ogni cosa con lentezza?
2   Che cosa andò a prendere in casa la Rossa?
3   Come si sentiva il vecchio verso le bestie?
4   Che cosa si chiedeva la madre?
5   Perché per la madre era una grande responsabilità lasciare la casa?
6   Quale pensiero avevano ambedue le donne?

vuole un po' di vino, se dobbiamo star via due
o tre giorni. Magari la damigiana piccola.

Arrivò la Rossa con le galline, che furono ca-
ricate sul carro accanto al maiale. Adesso facevano ogni cosa con lentezza, e dopo che l'avevano fatta pareva che stessero a pensarci sopra.

— Bene, — disse poi la Rossa. — Penso che
possiamo anche attaccare le bestie.

— C'è ancora il nostro materasso da prendere, Rossa, — disse la madre.

— Sí, sí, — disse la Rossa. — Adesso vado
a prenderlo. Ma intanto sarebbe meglio attaccare le bestie.

— Ci penso io ad attaccarle, se mio padre
mi aiuta, — disse Nino. — Vieni a darmi una
mano, padre?

Il vecchio non si sentiva tanto entusiasta
per le bestie quanto lo era stato per il maiale,
tuttavia seguí il figlio verso la stalla.

Il maiale si era del tutto calmato, e forse
dormiva. Ed anche le galline stavano quiete
sul carro, accanto al maiale. Appena qualche
lampo si vedeva all'orizzonte, seguito un po'
di tempo dopo dal rumore. Sulla strada lungo
il fiume passavano sempre macchine, si sentivano continuamente. Le due donne erano sole, ferme vicino al carro.

— Chi sa se facciamo bene a partire, — disse
la madre.

Parve che la Rossa non volesse rispondere.
Ma dopo qualche istante disse: — È meglio
non pensarci, madre. Ormai che s'è deciso, andiamo. Adesso pare che anche il vecchio sia di
questa idea.

— Sí, — disse la madre. — Per andare andiamo, ormai. Ma non so se facciamo bene o
male, ecco tutto. Noi siamo povere donne, ed
è una responsabilità grande lasciare la casa,
con tutti questi soldati che vanno in giro, e gli
altri che vengono avanti. Credi che troveremo
ancora la roba che lasciamo?

— Speriamo, — disse la Rossa.

Tacquero per un poco, pensierose, ed erano
certe di avere lo stesso pensiero. Infine la ma-

fronte la parte della faccia tra gli occhi ed i capelli

M'ero . . . testa avevo messo giù la testa (per riposarmi un momento)

Sta pure così *La parola "pure" rafforza le parole della madre:* Ti prego, sta' così.

il mio oro oggetti d'oro

proprio veramente

mica *La parola "mica" rafforza la negazione. Es.* Non è bello, ma non è mica brutto.

scatola *box*

Ti ci vorrebbe il lume avresti bisogno della lanterna

1 Perché la Effa non rispose quando la madre la chiamò?
2 Che cosa andò a prendere di sopra la Rossa?
3 Perché non voleva che la Effa la accompagnasse?
4 Secondo la Rossa, quanto tempo staranno via?
5 La Effa cosa voleva che la Rossa le portasse dal piano di sopra?

dre disse: — Se vi fosse mio figlio a casa, lui saprebbe bene cosa si deve fare in momenti come questi.

— Sicuro, se ci fosse lui, — disse la Rossa sottovoce.

Vennero rumori dalla stalla, e la voce di Nino che chiamava per nome le bestie. La madre toccò la Rossa sulla fronte, con una rapida carezza. — Andiamo, — disse, ed entrò per prima nella cucina.

Dentro era tutto silenzio e buio, non ci si vedeva niente. La madre chiamò la Effa, ma nessuno rispose. Chiamò ancora piú forte, e allora la ragazza si fece sentire.

— Dormivi, Effa? — domandò la madre.

— No no, — disse la ragazza. — M'ero solo buttata giú con la testa.

— È là con te Filippo? — domandò la madre. — Dorme?

— Sí, dorme, — disse la ragazza. — È già tempo di partire?

— Non ancora, Effa, — disse la madre. — Sta pure cosí, se sei stanca.

— Madre, — disse la Rossa. — Io vado di sopra. C'è il vostro materasso da buttar giú, e prenderò anche il mio oro.

— Aspetta, Rossa, — disse la ragazza. — Vengo su con te.

— No, lasciami andar sola, — disse la Rossa. — Non so, sento proprio il bisogno di star sola un momento, prima di lasciare questa casa.

— Rossa, — disse la madre. — Non pensi mica che staremo via molto tempo, vero? Prima dicevi che staremo via solo due o tre giorni.

— Sí, — disse la Rossa. — Credo che staremo via poco.

La ragazza Effa parlò ancora dal buio. — Porta giú anche la mia scatola, Rossa, — essa disse. — Tu sai dove si trova. Portala giú cosí com'è.

— Va bene, Effa, non aver paura, — disse la Rossa.

— Ti ci vorrebbe il lume, — disse la madre.

qualche tempo   un po' di tempo
sostare   soffermarsi, restare in un luogo per un breve periodo di tempo
incitare   spingere, stimolare, indurre
a seconda di   secondo, conformemente a. *Es.* Dobbiamo decidere a seconda delle circostanze.
spinto   *da* "spingere": esercitare una forza su qualcosa affinché si muova
avvicinarsi   farsi vicino (a qualcuno o a qualcosa)
piano   lentamente
scorse   *passato remoto di* "scorgere": discernere, riuscire a vedere
ombra   *qui: shadow*
stringere attorno   mettere attorno, circondare
appoggiare   *qui:* accostare, posare
Dimmi cos'hai   dimmi cosa ti senti
ruvidamente   bruscamente, duramente
Non fare la stupida   non essere stupida
fai la brava ragazza   *Vedi la nota precedente.*
ti passerà   questa tristezza ti passerà

1   Perché non aveva bisogno del lume la Rossa?
2   Che cosa si sentiva dall'aia?
3   Cosa fece la Effa quando la madre stava per uscire?
4   Perché la madre le parlò ruvidamente?

— Non importa, — disse la Rossa. — Farò lo stesso coi fiammiferi. — Essa salí di sopra, e solo dopo qualche tempo si sentí il suo passo muoversi da una stanza all'altra, con delle pause in mezzo, come se sostasse spesso in diversi posti.

— Rossa, — chiamò la madre dalla porta delle scale. — Chiudi anche le finestre, Rossa. Guarda che siano chiuse bene.

Subito si sentí il rumore delle imposte che venivano chiuse. E sull'aia il ragazzo Nino aveva portato i buoi e li incitava con voci diverse, a seconda di come voleva farli muovere per attaccarli al carro. Anche il vecchio chiamava i buoi ad alta voce, facendo molta confusione.

— Forse è meglio se vado fuori a vedere, — disse la madre. E si mosse verso la porta aperta dell'aia.

— Madre? — chiamò allora la figlia Effa.

La madre si fermò per voltarsi e sentí il rumore della sedia spinta all'indietro. — Cosa vuoi, Effa? — disse.

— Dove sei, madre? — domandò la ragazza avvicinandosi.

— Son qui, — disse la madre.

La figlia Effa camminò piano nel buio, e quando scorse l'ombra della madre contro la porta andò a stringerle le braccia attorno al collo e le appoggiò il viso contro il viso.

— Piangi, Effa? — domandò la madre.

La ragazza non rispose. Stretta contro la madre, essa piangeva facendo solo poco rumore.

— Dimmi cos'hai, Effa, — disse la madre.

— Niente, — disse la ragazza. — Niente. Lasciami stare un poco cosí.

La madre aspettò un poco perché la ragazza si calmasse. Ma essa continuava a piangere, e la madre non sapeva cosa fare per lei. — Su, — disse ruvidamente. — Non fare la stupida, adesso. Lasciami andare a vedere cosa fanno fuori.

Tuttavia la ragazza piangeva. Cosí la madre disse con voce piú dolce: — Su, Effa, — fai la brava ragazza. Vieni fuori con me, ti passerà.

88

capitare succedere, accadere
discese *passato remoto di* "discendere"
accomodare mettere, sistemare
carico (n.) peso, quantità di roba
macchina da cucire *sewing machine*
Ho da devo
sbrigarsi fare presto, in fretta
penzolone pendente, sospeso
vedere di cercare di
con condiscendenza con un tono di superiorità

1 Per quale ragione piangeva la Effa?
2 Come trovarono il carro le donne, quando uscirono sull'aia?
3 Perché Nino non voleva accompagnare il carro in bicicletta?
4 Cosa pensava Nino mentre le donne rientravano in casa per prendere la roba?
5 Cosa avrebbe fatto il vecchio se avesse caricato lui il carro?

— Aspetta, madre, — disse la ragazza. — Restiamo ancora cosí, un momento solo.

— Ma cos'hai, Effa? — disse la madre. — Io non capisco.

— Niente, — disse la ragazza. — Non so come spiegarti. È come se avessi compassione di me stessa. Pensavo che potrebbe capitarci qualcosa, in una notte come questa.

La madre le accarezzava i capelli ed essa si calmò, a poco a poco. — Vedrai, — disse la madre. — Vedrai che tutto andrà bene.

Poi, quando la Rossa discese, uscirono sull'aia.

Il carro era pronto, con la vacca già legata dietro. Il vecchio stava davanti per badare ai buoi. Il figlio Nino aspettava sopra il carro.

— Forza — egli disse alle donne. — Passatemi quel materasso, presto.

Le donne alzarono il materasso ed egli lo accomodò sopra il carico. — C'è nient'altro da caricare? — domandò poi.

— Ci sarebbe la macchina da cucire, — disse la Rossa. — E anche la tua bicicletta, se tu non vuoi andarci sopra.

— Come vuoi che vada in bicicletta? — disse il ragazzo. — Ho da guidare le bestie, io. Sbrigatevi a prendere questa roba —. Le donne rientrarono in casa, ed egli stette seduto con le gambe penzoloni all'infuori. Certo, gli dispiaceva lasciare la casa, ma anche partire cosí era una bella avventura, e lui aveva la sua parte di responsabilità, con quel vecchio sempre ubriaco.

— Nino, — disse il vecchio. — Vedi di lasciare un po' di posto per la damigiana piccola.

— Sí, — disse il ragazzo. — Come vuoi farci stare la damigiana qua sopra?

— Porcodio, — disse il vecchio. — Se avessi caricato io, ce l'avrei lasciato, il posto.

— E va bene, — disse il ragazzo con condiscendenza. — Se stai zitto vedremo di farcela stare. Almeno venisse fuori la luna.

ESERCIZI

A *Ripasso di tempi e di modi.* **Completare con la forma verbale corretta, scegliendo il tempo e modo appropriato:**

1 Non penso che questa roba ci . . . (servire) per un viaggio così lungo e faticoso.
2 Stamani io . . . (arrabbiarsi) con i miei figliuoli.
3 Mi sembra che questo libro . . . (trattarsi) di cose poco adatte a lettori giovani.
4 Anni fa il vecchio . . . (fare) un'altra guerra.
5 Domani loro . . . (andarsene) prima di mezzogiorno.
6 Bisognava che il vecchio . . . (prepararsi) per la partenza.
7 A che ora . . . (alzarsi) tu oggi? Sembri ancora molto stanco.
8 Da bambino io . . . (essere) molto curioso: . . . (volere) sempre sapere quello che . . . (fare) mia madre.
9 Credo che Carla . . . (rispondere) ieri alla lettera di Luca.
10 Noi non . . . (accorgersi) del suo arrivo ieri alla stazione.

B *Ripasso di pronomi.* **Sostituire alle parole in corsivo il pronome corrispondente, facendo i cambiamenti necessari:**
Esempio: Nino aveva portato *i buoi* sull'aia.
Nino *li* aveva portat*i* sull'aia.

1 Le donne alzarono *il materasso.*
2 —Chiudi *le finestre*— disse la madre.
3 La madre accarezzava i capelli *alla ragazza.*
4 Portò *il cestino al vecchio.*
5 —Passate quel materasso *a Nino*— gridò la madre.
6 Il vecchio era molto orgoglioso *del maiale.*
7 Pare che lui abbia già parlato *alla madre di queste cose.*
8 Certo, dispiaceva *al vecchio* lasciare la casa.
9 Avevano fatto *il lavoro* con lentezza.
10 —Porta giù *la mia scatola* così com'è— essa disse.

C *Ripasso di preposizioni.* **Completare con la preposizione appropriata:**

1 Ci sono tre materassi . . . caricare.
2 Sento il bisogno . . . star solo.
3 È tempo . . . partire. Mettiti il cappello!
4 Sbrigati . . . fare in tempo!
5 Sei molto orgoglioso . . . quel lavoro?
6 Non so cosa fare . . . momenti come questi.
7 Ci penso io . . . fare questo.
8 Non andiamo spesso . . . bicicletta perché le strade non sono asfaltate.
9 Abbia compassione . . . quella povera donna.
10 I Mangano dovevano limitarsi . . . caricare il carro.

D *Ripasso di parole e espressioni nuove.* **Tradurre le parole in parentesi:**

1 Sembra che loro (*are very proud of*) quella vecchia casa.
2 (*They used to start off*) ogni mattina verso le cinque.
3 (*Although it was dark*), Effa cercò di trovare la scatola.
4 (*Take off your hat*) prima di entrare!
5 Voglio che loro (*rest*) un po' prima di continuare.
6 (*Do you need*) queste cose o vuoi che io le dia a qualcun'altro?
7 (*He was in a hurry*) e così non gli ho parlato.
8 (*We must be quiet*) nella sala di lettura perché altri vogliono studiare.

E   **Da discutere:**

Come reagiscono Effa e Nino alla necessità di lasciare la casa?

aumentare   crescere in quantità

opaco   *opposto di* "trasparente"

velo   strato leggerissimo che copre qualcosa

nebbia   massa di vapori condensati vicino alla terra. *Es.* Londra è una città
famosa per le sue nebbie dense.

dorato   che ha il colore dell'oro

si distinsero   *passato remoto di* "distinguersi"

carrareccia   strada per i carri

portava   conduceva, menava

cintura   *belt*

più volte   parecchie volte, ripetutamente

assicurarsi   farsi certo, accertarsi

di fronte a   di faccia a, davanti a

risorto   *participio passato di* "risorgere"; *qui:* rinascere

tribù   gruppo sociale di famiglie

stare in testa (a)   essere davanti (a tutti)

1   In quale direzione andava il carro?
2   Cosa si sentiva sempre più distinto mentre il carro andava avanti?
3   Perché la madre si era più volte assicurata che la porta fosse chiusa bene?
4   Dove legò la chiave?
5   Perché erano rimasti di fronte alla porta chiusa senza far niente?
6   Che cosa sembrava che fosse risorto nel vecchio Filippo?
7   Chi stava in testa alla processione?

SETTE

La luna venne fuori piú tardi, quando era
già passata la mezzanotte. Sorse dietro i monti,
e allora parve che l'oscurità aumentasse nella
valle. Ma il cielo, sopra la linea dei monti, si
fece man mano piú chiaro e quasi opaco per
un velo di nebbia dorata, e dietro quel velo
le stelle non si distinsero piú bene come prima. E a quell'ora già il carro andava lento per
la carrareccia che dalla casa portava alla strada lungo il fiume, e come il carro andava avanti
si sentiva sempre piú distinto il rumore delle
macchine che sulla grande strada passavano
quasi di continuo.

Sul carro era stato caricato tutto quello che
ci poteva stare, anche la macchina da cucire e
la bicicletta, anche la damigiana piccola piena di vino. Quindi la porta di casa era stata
chiusa. L'aveva chiusa la madre con molta cura, e prima di legare la chiave alla cintura del
suo vestito essa si era piú volte assicurata che
fosse chiusa bene. E poi erano rimasti vicino
al carro, di fronte alla porta chiusa. Erano rimasti là fermi un poco, senza far niente perché
non c'era piú niente da fare, ma pareva loro
di dover aspettare chi sa che cosa. E infine il
vecchio aveva detto: — Avanti! — con voce
solenne, come se fosse risorto in lui l'antico
spirito dei capi che guidavano le tribú nelle
trasmigrazioni dei popoli. E il figlio Nino aveva incitato i buoi piú volte, portando il carro
dietro la casa e poi sulla carrareccia che conduceva alla strada grande. E allora la madre
aveva camminato in fretta per raggiungere il
suo uomo che stava in testa, e insieme e vicini

senza posa   senza pausa, incessantemente

bastone   ramo d'albero per incitare i buoi

sonnolento   pieno di sonno, lento nel movimento

addormentato   che dormiva

Deve...luna   sembra che sia sorta la luna

Tra poco   presto, fra poco tempo

ci   *Non tradurre.*

adagio   lentamente

ruota   *wheel*

polvere   piccoli frammenti di terra arida, facilmente agitati e sollevati dal
vento

ora del sonno   notte, quando in genere si dorme

lati   *qui:* le parti all'estrema sinistra e all'estrema destra della strada

siepe   *hedge*

di quando in quando   di tanto in tanto; non continuamente, ma
sporadicamente

peso   *qui:* dolore, afflizione

1 Perché si aspettava chè nascesse la luna?
2 Perché l'andare era tanto faticoso?
3 Perché la Effa sentiva un peso dentro?
4 Com'era il posto dove era nata la Rossa?

andarono avanti verso la strada. E dietro veniva il carro guidato dal figlio Nino, che senza posa stimolava i buoi con la voce e col lungo bastone. E dietro il carro, dopo la vacca legata che camminava sonnolenta, venivano la ragazza Effa, e la Rossa, che portava in braccio il suo piccolo figlio addormentato.

E intanto il cielo sopra la linea dei monti si era fatto chiaro e dorato.

— Guarda, Rossa, — disse la ragazza Effa. — Deve essere nata la luna.

E la madre, che camminava dall'altra parte del carro accanto al suo uomo, disse: — Guarda, Mangano. Dev'essere nata la luna. Tra poco ci vedremo meglio.

E il vecchio disse: — Pensa a tutti quei piselli che abbiamo lasciato, moglie. — E disse anche: — L'avevo detto, io, che era una cosa sbagliata, piantare tutti quei piselli.

— Li troveremo ancora, — disse la madre. — Li troveremo, quando torneremo.

Non c'era neanche un chilometro fra la casa e la strada lungo il fiume, ma i buoi camminavano lenti, e andando così adagio anche il tempo sembrava lungo. Le ruote del carro e i passi degli uomini e delle bestie non facevano molto rumore sull'alta polvere. Ed era un andare faticoso, nell'ora del sonno, e penoso anche, per il dolore che gli uomini portavano dentro nel lasciare tutte le loro cose.

Ai lati della carrareccia si alzavano due siepi con alberi scuri di quando in quando, e oltre le siepi si stendevano i campi nell'ombra. Non faceva più tanto caldo.

— Dio, sento un peso dentro, Rossa, — disse la ragazza Effa. — È brutto partire così.

— Sí, — disse la Rossa.

La ragazza alzò gli occhi verso il cielo, e poi guardò intorno, anche se non si poteva veder niente. — Io credo, — disse, — che non vi sia nel mondo un posto bello come questo.

E dopo un poco la Rossa disse: — Anche il posto dove sono nata io era bello.

stimolare incitare, spingere

pigro *qui:* lentamente

Pesa tanto poco è così leggero

Lascialo portare a me lascia che lo porti io

posare mettere

svegliarsi *opposto di* "addormentarsi". *Es.* Dormiva molto bene ma si svegliò quando suonò il telefono.

riprendere (a) cominciare di nuovo

ad un tratto all'improvviso, in un momento

voler bene a (qualcuno) amare

calore caldo naturale del corpo umano

che tu glielo spiegassi che tu lo spiegassi loro—N.b. l'uso frequente del complemento indiretto *gli* anziché *loro*, soprattutto in conversazione.

capitare *qui:* arrivare, venire

Magari non subito forse non immediatamente

di sicuro certamente, sicuramente

incessantemente continuamente

1 Dove dormiva il piccolo Filippo?
2 Cosa fece il bambino quando la madre lo posò tra le braccia di Effa?
3 Effa, che cosa voleva che la Rossa spiegasse alla famiglia?

— Bello come questo, Rossa? — domandò la ragazza.

— No, forse non era bello come questo, — disse la Rossa. — Ma per me era bello lo stesso.

Camminavano intanto verso la strada lungo il fiume, e il maiale che da principio aveva strillato adesso grugniva semplicemente, e le galline erano sempre tranquille. Il ragazzo Nino senza posa stimolava i buoi che tuttavia camminavano pigri. Il piccolo Filippo dormiva in braccio a sua madre.

— Vuoi darlo a me, Rossa? — domandò la ragazza.

— No, non sono stanca, — disse la Rossa. — Pesa tanto poco.

— Lascialo portare a me, Rossa, — disse la ragazza. — Sarà solo fino alla strada.

La Rossa posò il piccolo figlio tra le braccia della ragazza, e il bambino si lamentò piano piano, ma senza svegliarsi. Esse ripresero a camminare dietro il carro.

— Rossa, — disse ad un tratto la ragazza. — Io voglio molto bene a mia madre e a mio padre e a mio fratello Nino.

— Sí, — disse la Rossa.

— E anche a te e a Filippo voglio molto bene, — disse la ragazza.

— Lo so, — disse la Rossa.

Teneramente la ragazza cercò la testa del bambino per sentirne il calore. — Ascolta, Rossa, — disse. — Vorrei che tu glielo spiegassi, quando capiterà l'occasione. Io non sono mai riuscita a farmi capir bene da loro, ma se tu glielo spieghi, forse capiranno. Specialmente mia madre, vorrei che capisse.

— Vedrai che capirà, — disse la Rossa. — Magari non subito, ma dopo un poco capirà di sicuro.

Camminarono ancora in silenzio, e si sentiva piú vicino il rumore delle macchine che incessantemente passavano sulla strada grande.

— Piangi, Effa? — domandò la Rossa.

— No, — disse la ragazza. — Adesso non piango piú.

Bisogna farsi forza   dobbiamo essere coraggiosi
tirar fuori   *qui:*   prendere
seno   *bosom*
soldi   denaro
la tieni   la = la tua roba
se capita   se viene l'occasione, se è necessario
ricordo   oggetto o qualsiasi cosa che serve a far ricordare
Si vende . . . meno   venderai la mia roba solo se non potrai evitarlo
si trattava ora di   ora bisognava, si doveva
tirare   fare muovere, fare avanzare
cingolo   *track (of military vehicle)*
tremare   vibrare, tremolare
faro   luce dell'automobile
Vuoi . . . padroni   ora vedi bene che non abbiamo più nemmeno il diritto

1   La Rossa che cosa diede a Effa quando arrivarono alla strada?
2   Che cosa c'era nella scatola?
3   Perché la Rossa non voleva la sua roba?
4   Perché si fermarono prima di voltare sulla strada asfaltata?
5   Perché la madre voleva aspettare la luna?

— Bisogna farsi forza, — disse la Rossa.

Il carro andò avanti ancora per un poco, e poi si fermò.

— Ecco che siamo arrivati alla strada, — disse la ragazza. — Adesso dovresti darmi la mia scatola, Rossa.

La Rossa tirò fuori la scatola dal seno, dove l'aveva messa. — Stai attenta, — disse. — Dentro c'è anche la mia roba, e un po' di soldi. E c'è anche una cartolina con l'indirizzo di tuo fratello Giacomo.

— La tua roba è meglio se la tieni tu, Rossa, — disse la ragazza. — E anche i soldi.

— Lascia tutto nella scatola, — disse la Rossa. — La roba si può anche vendere, se capita. Non è roba di gran valore, ma qualche cosa si prende sempre.

— Sarebbe una brutta cosa vendere la roba, — disse la ragazza. — È tutto quello che hai, Rossa. E poi per te sono dei ricordi.

— Non pensarci, Effa, — disse la Rossa. — Si vende solo se non si può farne a .meno. — E dopo disse ancora: — Adesso dammi mio figlio, Effa. Io vado a vedere perché si son fermati.

Davanti si erano fermati perché si trattava ora di voltare sulla grande strada asfaltata, e non era una cosa semplice, con quel carro tirato da buoi. C'erano troppe macchine che continuavano a passare, e venivano avanti come delle masse scure, e qualcuna aveva dei cingoli al posto delle ruote, e quand'era vicina faceva perfino tremare la terra. Non era facile entrare nella strada col carro, anche perché le macchine venivano avanti in disordine nel buio, e se una di quando in quando accendeva i fari, subito li spegneva.

— Forse è meglio se aspettiamo la luna, — disse ad un certo momento la madre.

— Non aspettiamo niente, — brontolò il vecchio. — Vuoi vedere che adesso non siamo piú padroni di andare per la strada col nostro carro.

100   appena . . . voce   quando la via è libera, ditemelo

Ecco, ecco! *qui:* avanti, la strada è libera

ogni poco tempo   ogni tanto, di quando in quando

di là da   dietro, dall'altra parte

da quella parte   in quella direzione

bordo   margine

argento   metallo prezioso. *Es.* Quella forchetta antica è di puro argento.

superare   passare oltre

greto di ciottoli   *sandy river bed, shore*

corrente   corso dell'acqua di un fiume

macchia d'alberi   piccolo bosco o gruppo di alberi

cespuglio   *bush*

riva   margine di un fiume, spiaggia

Fin che a   *until*

portarsi   andare

proseguire   continuare, procedere

ponte   costruzione che attraversa un fiume

tenersi   *qui:* stare

sorpassare   *detto di veicoli:* oltrepassare. *Es.* Quella tragedia stradale è
   accaduta perché un'automobile cercava di sorpassare un camion.

veniva proprio sotto   veniva molto vicino

frenare   moderare (diminuire) la velocità con il freno

di colpo   tutto a un tratto, all'improvviso

scartare   deviare dal proprio cammino

talvolta   qualche volta

autista   chi guida un'automobile o altro veicolo

sporgersi   *qui:* mettere fuori la testa

tenersi da parte   *qui:* stare al lato, al bordo della strada

a tratti   a intervalli

centinaio   circa cento

dalla parte di mezzogiorno   verso il (dal) sud

1   Perché la madre e il vecchio si misero ad osservare la strada?
2   Perché facevano solo confusione?
3   Perché il carro era in continuo pericolo sulla strada grande?

— Se viene il momento buono passiamo, — disse il ragazzo Nino. — State attenti anche voi, e appena libero datemi una voce.

Cosí la madre e il vecchio si misero ad osservare la strada, ma facevano solo confusione.

— Ecco, ecco, — gridava ogni poco tempo il vecchio. — Forza Nino!

Ma la madre aveva paura, e anche quando non c'erano macchine sulla strada, lei diceva sempre di sentirne qualcuna venire. E intanto la luna si alzava di là dai monti, e le nuvole che erano nel cielo da quella parte si fecero un bordo d'argento.

E infine la luna superò la linea dei monti e la valle fu piena di una nebbia leggera e luminosa. Sul fiume un po' sotto alla strada, il greto di ciottoli divenne bianco bianco, e la corrente si mise a giocare coi riflessi della luna, e le macchie d'alberi e di cespugli lungo le rive sembrarono anche piú scure. Fin che ad un certo momento il carro riuscí a portarsi sulla strada grande e proseguí verso il ponte, tenendosi molto vicino al bordo. Le macchine adesso lo sorpassavano, e andavano tutte verso il ponte, e il carro era continuamente in pericolo. Qualche macchina veniva proprio sotto prima di accorgersi del carro, e poi frenava di colpo scartando, e accendeva i fari, e talvolta l'autista si sporgeva per gridare qualcosa in una lingua che quella gente non capiva.

— Rossa! Effa! — chiamò la madre che stava davanti.

— Cosa vuoi, madre? — gridò in risposta la Rossa.

— State attente, — gridò la madre. — Tenetevi da parte.

— Va bene, — rispose la Rossa.

C'erano piú di due chilometri per arrivare al ponte, quasi un'ora di cammino col carro.

La strada andava sempre lungo il fiume, ma a tratti se ne staccava di qualche centinaio di metri. Dietro, e dalla parte di mezzogiorno, i cannoni avevano ripreso a sparare. Non mol-

102

cupo triste e non chiaro

aereo aeroplano

in qualche altra parte in un altro luogo, altra direzione

per fortuna fortunatamente

Ogni tanto a volte, sporadicamente

fumare *qui:* mandare fumo

fiamma lingua di fuoco

gomma bruciata *burnt rubber*

i punti più duri da superare i luoghi più difficili da sorpassare

un pezzo un bel po', parecchio tempo

fu preso fu investito, colpito

proprio *qui:* in quel momento

autocarro autoveicolo da trasporto, camion

sopraggiungere arrivare inaspettatamente

non servì a niente fu inutile

alla rinfusa disordinatamente

tanto forte tanto velocemente

carcassa *qui:* scheletro della macchina bruciata

proprio sotto molto vicino

sbattere battere, percuotere violentemente

andare in frantumi rompersi in piccoli pezzi

piano fondo, parte piana e orizzontale

piegarsi *to buckle, collapse*

urlare gridare, strillare

macchia *spot*

allargarsi estendersi, ampliarsi

confondersi mescolarsi

colare cadere, fluire

di traverso obliquamente

bestemmiare dire parole ingiuriose contro la divinità

istupidito *stunned*

sollevare alzare, levare

cofano parte dell'automobile che copre e protegge il motore

tastare toccare ed esplorare

schiacciarsi rompersi, deformarsi

il ventilatore...mezzo *the fan had been rammed through it (the radiator)*

sta carogna questa carogna: il corpo di un animale morto. *Qui:* autocarro guasto, rovinato.

1 Perché facevano una grande impressione i cannoni?
2 Che cosa riempì il cielo di rumore?
3 Quali erano i punti più duri da superare col carro?
4 Come fu investito il carro?
5 Di che cosa era carico l'autocarro?
6 Perché l'autocarro non andava troppo forte?
7 Quando il carro si piegò, quali cose caddero per terra?
8 Cosa trovò l'autista quando tastò il motore?
9 Quando diventò quasi contento?
10 Cosa gridò ai soldati che stavano sull'autocarro?

to sparavano, e tuttavia facevano una piú grande impressione perché la forma della valle e i monti vicini rendevano il rumore cupo e lungo. Passarono anche degli aerei, un gruppo molto in alto, che riempí il cielo di rumore. Andavano in qualche altra parte, per fortuna. Ogni tanto, sulla strada, c'era una macchina ferma, e non si sarebbe mossa piú. Passando vicino si sentiva ancora calore, e le ruote fumavano senza fiamma, con forte odore di gomma bruciata. Erano i punti piú duri da superare col carro, e qualche volta bisognava aspettare un pezzo prima di essere sicuri che dietro non ci fossero macchine.

Poi anche il carro fu preso. Stava proprio passando una di quelle macchine bruciate e già si era quasi portato nuovamente sul margine, quando un autocarro sopraggiunse. La Rossa che stava dietro lo vide, e gridò, ma non serví a niente. Era un autocarro carico di materiali alla rinfusa e di uomini addormentati. E non andava neanche tanto forte, per via di quella carcassa da sorpassare, e arrivato proprio sotto frenò di colpo, ma finí lo stesso per sbattere contro la ruota del carro, e la ruota andò in frantumi. Il piano del carro si piegò e il maiale si mise a urlare con tutte le sue forze, e due o tre cose caddero per terra, una damigiana e una macchina da cucire. La macchia di vino si allargò rapidamente sull'asfalto, finí di confondersi con la macchia dell'acqua che colava dal radiatore. L'autocarro si era fermato di traverso in mezzo alla strada. L'autista scese bestemmiando nella sua lingua contro quella gente istupidita, che pareva non capire proprio niente. Poi sollevò il cofano e mise le mani dentro per tastare il motore. Non c'era niente da fare. Il radiatore s'era schiacciato all'indietro, e il ventilatore s'era infilzato nel mezzo. E visto che non c'era piú niente da fare, l'autista diventò di colpo quasi contento. — Ehi, voi! — gridò a quelli che stavano sull'autocarro. — Potete anche venir giú. Se Dio vuole, sta carogna ha finito di andare avanti.

rammarico dolore, rimorso
durare continuare a essere
C'era. . . avanti in ogni caso, bisognava andare avanti
inoltre per di più
oltre inoltre, per di più
con i denti stretti con i denti chiusi con forza
stridore rumore acuto
freno strumento per moderare la velocità o per fermare un veicolo
parere opinione personale
esposto alle mani in vista
rendersi conto (di) comprendere, accorgersi (di)
sfasciato rovinato
darsi da fare occuparsi, affaccendarsi
spingere esercitare una forza su qualcosa affinché si muova
guasto rovinato
fosso canale, scavo, spesso per l'irrigazione dei campi
quello quel soldato
fece segno . . . buoi indicò con un gesto di staccare i buoi

1 Perché i soldati si mossero con indolenza?
2 Che cosa vide sull'asfalto il vecchio Mangano?
3 Perché il suo rammarico per il vino perduto non durò molto?
4 Che cosa voleva che la madre chiedesse ai soldati dell'autocarro?
5 Perché la madre stava così attenta alla roba?
6 Che cosa fecero i soldati con l'autocarro?
7 Che cosa fece capire alla gente del carro il soldato che dava gli ordini?

I soldati di sopra si mossero con indolenza, cercando ciascuno la propria roba, poi uno alla volta cominciarono a scendere, e si misero a guardare ancora pieni di sonno.

Anche il vecchio Mangano guardava, soprattutto la grande macchia piú scura sull'asfalto scuro. — Sacramento, il vino, — diceva. Ma in lui il rammarico per il vino perduto non durò molto. C'era comunque da tirar avanti, e dell'altro vino si sarebbe trovato. E inoltre vi erano tante altre cose importanti, oltre il vino. Si chinò sull'orecchio della madre che gli stava accanto. — Moglie, — disse. — Prova a domandare se hanno un po' di tabacco.

— Cristo, sei proprio un bastardo, Mangano, — gli rispose la madre, con i denti stretti.

Dietro all'autocarro fermo, altre macchine si vennero fermando con stridore di freni. E nel buio vi fu confusione di gente che gridava e veniva a vedere e diceva il suo parere su ciò che bisognava fare. La madre aveva paura per la roba che era cosí esposta alle mani di tutti, e teneva gli occhi aperti, e disse anche agli altri di stare attenti. Ancora essa non si rendeva conto di ciò che significava trovarsi sulla strada grande con un carro sfasciato e un mucchio di macchine dietro che avevano fretta di passare.

Ma poi venne avanti uno che diede degli ordini con una voce dura e forte. Allora i soldati che stavano guardando si diedero da fare, e altri ne vennero dalle macchine vicine e tutti insieme spinsero l'autocarro guasto nel fosso fuori dalla strada. E subito dopo si misero a spingere con forti grida concordi la carcassa di macchina bruciata. Intanto quello che prima aveva dato degli ordini si era avvicinato al carro, e aveva visto quella povera gente, e aveva parlato. Ma siccome essi non capivano, egli fece segno perché staccassero i buoi. Cosí il ragazzo e il vecchio cominciarono a lavorare per staccare i buoi.

La carcassa di macchina bruciata fu spinta giú dalla strada e cadde con pesante rumore.

si vennero raggruppando   si formarono in un gruppo
addosso   sopra
seppellire   *qui:*   coprire
corse   *passato remoto di* "correre"
accontentare   fare contento, soddisfare
deporre   mettere giù
scarpata   discesa, inclinazione del terreno
in breve   in poco tempo
stentare a   *qui:*   non riuscire
sperduto   *qui:*   confuso
capovolto   voltato di sotto in su
parole grosse   parolacce, parole che offendono
Chi sa. . . fuori   forse riusciremo a tirarlo fuori
faccenda   *qui:*   fatto, problema
vacca fottuta (volgare)   vacca maledetta
sparso   gettato qua a là

1   Perché tutti avrebbero dovuto capire che c'era ancora un maiale sul carro rotto?
2   Che cosa fecero i soldati con il maiale?
3   Cosa fecero con il carro prima di partire?
4   Perché Nino e la Rossa scesero giù dalla scarpata?
5   Perché il piccolo Filippo fece solo poche domande?

Poi i soldati si vennero raggruppando attorno al carro. Allora il ragazzo capí ciò che volevano fare e si mise a gridare che c'era la vacca legata dietro e un maiale sopra. Che ci fosse un maiale tutti avrebbero dovuto capirlo, perché il maiale continuava a urlare disperatamente. Qualcosa gli era caduto addosso seppellendolo a metà, e forse si era fatto male.

Il ragazzo corse a liberare la vacca, e poi, siccome egli continuava a gridare indicando il maiale, alcuni soldati vollero accontentarlo e deposero il maiale a urlare in margine alla strada. Gli altri spinsero il carro giú dalla scarpata. Quindi le macchine partirono una dietro l'altra, e in breve sulla strada non rimasero che due buoi e una vacca e un maiale legato che stentava a calmarsi, e alcuna gente che non sapeva piú cosa fare.

La madre si era finalmente resa conto, e guardava come sperduta il carro mezzo capovolto, che era una macchia scura giú dalla scarpata.

— Sacramento, —· disse forte il ragazzo Nino. — Non si può mica dire che siamo fortunati. — C'era davvero in lui il bisogno di dire delle parole grosse, e la madre di sicuro non avrebbe detto niente.

— Non è mica tanto giú, — disse la Rossa. — Chi sa che non si possa tirarlo fuori.

— Uhm, — fece il ragazzo. — Se non fosse per la faccenda della ruota si potrebbe provare. Adesso andiamo a vedere cosa si può fare, Rossa. Aspetta che porto da mio padre questa vacca fottuta.

Scesero giú dalla scarpata, e la madre li seguí. — Pensi che si possa fare qualche cosa, Nino? — domandò ansiosamente.

— Lasciami guardare, almeno, — disse il ragazzo.

Il piccolo Filippo s'era svegliato da un pezzo, ed ora la Rossa lo depose a terra. Egli pareva che capisse, cosí fece solo poche domande e poi rimase ad osservare il carro e la roba sparsa sull'erba e ciò che facevano gli altri.

Dall'alto della strada   dalla strada
Lascia perdere il vino   non pensare al vino
prima. . . sotto   prima che qualcuno le uccida con una macchina
andare in cerca (di)   cercare
Niente da fare   non c'è niente da fare col carro
mozzo   *wheel-hub*
è andato a farsi fottere (volgare)   è andato in rovina, si è rotto
soprabito   cappotto leggero
infilarglielo   metterglielo addosso
non ne voleva sapere   non voleva indossare, portare il soprabito
quella   quella cosa, quell'affare
in fondo a   nella parte più bassa
Non serve a niente   è inutile
Pazienza   bisogna avere pazienza
in tutti i modi   in ogni caso

1   Perché dalla strada il vecchio se la prendeva con Nino?
2   Perché la madre voleva che il vecchio portasse giù le bestie?
3   Perché il piccolo Filippo non voleva indossare il soprabito?
4   Che cosa guardava con interesse il piccolo Filippo?
5   Perché la scena sulla strada aveva un aspetto fantastico?
6   Perché la madre non voleva andar avanti a piedi?

Dall'alto della strada il vecchio si mise a
brontolare contro il figlio Nino perché non aveva legato la damigiana sul carro.

— Lascia perdere il vino, Mangano, — gridò
la madre. — Porta giú le bestie, invece, prima 5
che qualcuno le metta sotto.

Si sentí il vecchio bestemmiare lungamente,
mentre andava in cerca di un passaggio per
scendere con le bestie.

— Niente da fare, — disse forte il ragazzo 10
Nino. — Anche il mozzo è andato a farsi fottere.

— E adesso, come facciamo? — domandò la
madre.

La Rossa invece non disse niente. Si mise a 15
cercare tra la roba del carro e finalmente trovò il soprabito del piccolo Filippo e andò per
infilarglielo. Il piccolo non ne voleva sapere,
perché il nonno non aveva soprabito e neanche
lo zio Nino, ma la Rossa disse qualche cosa, e 20
allora egli capí che quella del soprabito era
una cosa seria e lasciò fare.

La notte era fresca e umida, là in fondo alla
valle.

— E adesso come facciamo? — domandò an- 25
cora la madre.

— Il carro è fottuto — disse il ragazzo Nino.
— Non si può pensare ad andare avanti col
carro.

Ci fu un lungo silenzio. Sulla strada conti- 30
nuavano a passare macchine, e il piccolo Filippo le guardava con molto interesse. Ora i
cannoni si facevano sentire piú spesso, non
molto lontani. La luna dava a tutte le cose un
aspetto fantastico. 35

— E allora come facciamo? — disse la madre. — Era meglio se si'restava a casa.

— Non serve a niente star qui a pensarci, —
disse la Rossa. — Andremo avanti a piedi.

— E vuoi lasciar qua tutta la nostra roba? — 40
disse la madre. — Qua non la troveremo di
sicuro, tornando indietro.

— Pazienza, — disse la Rossa. — Di qua bisogna andar via in tutti i modi. E bisogna an-

sommessamente a bassa voce
starsene stare, rimanere
macchina a cingoli macchina da guerra
frugare cercare
accostare mettere accanto, avvicinare
mancare *qui:* non essere presente
Zitto Non ne parlare!
ala (*pl.* le ali) organo di volo degli uccelli
adagiare accomodare, mettere giù con cautela
tanto valeva . . . fondo *they might just as well go on*
tirar avanti continuare a vivere, arrangiarsi
Porteremo una coperta per uno ciascuno di noi porterà una coperta
affrettarsi fare presto
malattia *Es.* È morto dopo una lunga malattia.

1 Secondo la Rossa, che cosa potevano portare via?
2 Di che cosa si era accorto Nino?
3 Perché misero da parte prima i materassi?
4 Quante galline erano rimaste vive dopo l'incidente con l'autocarro?
5 Perché anche la madre cominciò a lavorare nel mucchio di roba con grande energia?
6 Quanta roba aveva deciso di portare via la Rossa?
7 Cosa voleva portare la madre?

dare presto. Porteremo quel poco che possiamo portare sulle spalle.

La madre allora batté le mani per il dolore. — Oh, Rossa, — disse sommessamente. — Abbiamo perduto tutto —. Ma se ne stava lí a guardare pensierosa, come se un miracolo avesse potuto d'improvviso rimettere il carro sulla strada. Passarono, una dietro l'altra, cinque pesanti macchine a cingoli, che si tiravano dietro dei lunghi cannoni.

— Be', cosa avete deciso, voi due? — domandò Nino che stava frugando tra la roba del carro.

— Vengo, vengo, — disse la Rossa. — Cominciamo col mettere da parte i materassi, Nino. Quelli non li possiamo portare di sicuro.

Ma il ragazzo le accostò la bocca all'orecchio. — Rossa, — disse. — Ti sei accorta che manca la Effa?

— Zitto, — disse la Rossa. — Zitto, per carità.

— Lo sapevi? — domandò ancora il ragazzo.

— Sí, — disse la Rossa.

La madre si era avvicinata e li stava a guardare. Essi cominciarono a metter da parte i materassi, e ad un certo momento vennero fuori le galline. Il ragazzo le prese e le passò nelle mani della madre. Due che erano ancora vive si agitavano con le ali.

— Povere bestie, — disse la madre. Le adagiò sull'erba, separando le morte dalle vive. Poi si mise anch'essa a lavorare nel mucchio di roba, con una grande energia. Ormai che erano arrivati a quel punto, tanto valeva andare fino in fondo. In qualche modo bisognava tirare avanti, il meglio possibile.

— Porteremo una coperta per uno, — disse la Rossa. — E i vestiti, e un po' di roba per mangiare.

— Anche le galline, — s'affrettò a dire la madre. — Anche quelle che sono morte si possono mangiare. Non sono mica morte di malattia.

facciamo presto sbrighiamoci, facciamolo rapidamente

dal nonno dove c'è il nonno

scartare eliminare come non buono o utile

con una qualche cura con un po' di cura

sveglia orologio con una suoneria

piegare *qui:* girare, voltare

di là da Castelnuovo oltre Castelnuovo

dritti per il fiume direttamente verso il fiume

come le mie tasche molto bene—Confrontare con l'inglese *to know something as well as the back of one's hands.*

da per tutto in ogni punto del fiume

asciutto privo di acqua

raccolto (agg.) messo insieme, accumulato

1 Che cosa voleva portare via il vecchio?
2 Come facevano la scelta della roba per il viaggio a piedi?
3 Che cosa trovò fra la roba Nino?
4 Che ore erano quando stavano preparando la roba?
5 Perché dovevano sbrigarsi?
6 Perché potevano fare più presto senza il carro?
7 In quella stagione, perché potevano passare il fiume senza difficoltà?

— E il maiale, — disse il vecchio che stava
lí vicino con le bestie.

— Non so come potrò fare con il maiale, —
disse il ragazzo Nino. — Bisogna vedere se non
si è rotto una gamba.

Ma il vecchio disse: — E vorresti lasciare
per la strada un maiale come quello? Un maiale come quello non si trova in tutta la provincia.

— Te lo porterai tu sulle spalle, — disse la
Rossa.

— Su, facciamo presto, — disse in fretta la
madre. — Voi passatemi la roba, le coperte prima di tutto. Tu Filippo vai là dal nonno. Non
andar troppo vicino alle bestie.

Il piccolo Filippo mosse alcuni passi nella
direzione del vecchio, poi tornò indietro e si
fermò a guardare. La Rossa e Nino prendevano la roba dal mucchio grande e la passavano
alla madre, e la madre preparava dei mucchi
piú piccoli sulle coperte. Ogni tanto facevano
una discussione su qualche oggetto, se dovevano portarlo o no. E la roba che scartavano la
mettevano da una parte con una qualche cura,
benché sapessero che ormai era perduta.

— Oh, guarda, — disse ad un tratto Nino.
— Non s'è neanche rotta.

— Cos'è? — domandò la Rossa.

— La sveglia, — disse il ragazzo.

— Che ore sono? — domandò la madre.

Il ragazzo piegò la sveglia verso la luce della luna. — Quasi le due, — disse.

— Fra tre ore sarà giorno, — disse la madre.

— Sbrighiamoci, allora, — disse la Rossa. —
Bisognerebbe essere di là da Castelnuovo, prima che faccia giorno.

— Senza il carro si può andare dritti per il
fiume, — disse il ragazzo Nino. — Troveremo
qualche posto per passare.

— Sicuro, — disse il vecchio. — Io conosco
questi luoghi come le mie tasche, e ti posso dire che si passa da per tutto. In questa stagione
il fiume è quasi asciutto.

Quando la roba fu scelta e raccolta in muc-

114   più volte   parecchie volte, ripetutamente

Non le sarà . . . vero?   Non credi mica che le sia successo qualcosa di male?

Non sarà mica . . . vero, Rossa?   Non credi mica che sia stata investita da un camion, Rossa?

vai a pensare   stai pensando

vuoi   vuoi dirmi

proprio adesso   momenti fa

Appena   subito dopo che

abbandonare   *qui:* lasciare sole

egualmente   ugualmente, lo stesso

ne hai fatto   ne = di mia figlia. *Non tradurre.*

puttana   prostituta

1   Mentre la madre distribuiva la roba, di che cosa si accorse?
2   Quando era partita Effa?
3   Che cosa fece la Rossa per consolare la madre?
4   Perché abbandonò le bestie il vecchio?

chi, la madre disse: — Questo lo porto io, e questo piccolo lo porti tu, Rossa, che hai il bambino, e questo lo porterà Effa —. Si fermò, la madre, e batté le mani con disperazione. — Dov'è la Effa? — disse. Si guardò intorno. — Effa! Effa! — chiamò piú volte, e nessuno rispose. Solo il vecchio disse enfaticamente: — Moglie, dov'è mia figlia Effa?

— Rossa, — disse la madre. — Non le sarà mica capitato qualcosa di male, vero?

— No, — disse la Rossa. — Stai tranquilla, madre.

— Non sarà mica andata sotto un camion, non è vero, Rossa? — domandò la madre.

— Ma cosa vai a pensare, madre, — disse la Rossa. — Ti assicuro che non le è capitato niente di male.

— E allora perché non è qui con noi? — disse la madre. — Tu devi saperlo, Rossa.

— È andata via, — disse la Rossa.

— No, — disse la madre. — Non può essere andata via. Perché vuoi che sia andata via? L'ho vista proprio adesso che era qua intorno.

— No, madre, — disse la Rossa. — È un pezzo che è partita. Appena siamo arrivati sulla strada è andata via. Doveva partire, madre.

La madre non disse altro. Guardò ancora intorno, poi si sedette per terra e rimase lí seduta, con la testa fra le mani. Non la si sentiva piangere. E allora la Rossa prese il piccolo Filippo e lo spinse proprio vicino alla madre. E il piccolo se ne stette là in piedi timidamente, senza saper cosa fare, fin che la madre si accorse di lui e allora prese a stringerlo fra le braccia e ad accarezzarlo e a piangere. E il bambino sapeva che la zia Effa era andata via e che per questo la nonna piangeva, e lui non avrebbe voluto che la nonna piangesse, ma ancora non trovava cosa fare o cosa dire.

E il vecchio abbandonò le bestie, e le bestie rimasero egualmente ferme l'una vicina all'altra nella notte. Egli venne avanti verso la Rossa agitando le braccia e gridando. — Cosa ne hai fatto di mia figlia, brutta puttana? — gridò.

prendersela con *take it out on, lay the blame on*

colpa responsabilità morale

giogo *yoke*

involto pacco

Nuovamente un'altra volta

disgraziato sfortunato

tuttavia non di meno

facevano bene . . . suono persino il suono delle parole faceva bene (alla madre addolorata)

sulla terra . . . guerra la guerra stava per passare sulla terra e sulle genti

rabbia ira

1 Perché tolsero il giogo alle bestie?
2 Perché andò dalla madre la Rossa?
3 La Rossa come spiegò alla madre la partenza di Effa?
4 La madre credeva o no a quello che la Rossa le aveva detto?
5 Perché facevano tanto bene le parole della Rossa?
6 Perché il vecchio non voleva muoversi?

— Non te la prendere con lei, — gridò il ragazzo Nino. — È stata la Effa che ha voluto andar via. È andata avanti, la troveremo a Castelmonte.

Il vecchio si fermò e guardò il ragazzo e poi
ancora la Rossa. — È colpa tua, Rossa, — egli
disse. — È colpa tua se nella mia casa tutti fanno quello che vogliono.

La Rossa non rispose. Fissò gli occhi in viso
al vecchio, ma non rispose. E il vecchio non
seppe che dire e andò a lamentarsi piú lontano.

— Nino, — disse allora la Rossa. — Possiamo togliere il giogo alle bestie adesso che non
c'è piú il carro.

Cosí essi liberarono i buoi dal giogo, e poi la
Rossa andò vicino agli involti preparati nelle
coperte, e della roba della Effa e di quella della
madre fece un mucchio solo con la propria roba. E infine andò dalla madre. — È tempo di
andare, madre, — disse.

Ma la madre stava seduta stringendo il bambino fra le braccia, e non rispose.

Nuovamente la Rossa disse che era tempo di
andare.

— Dove vuoi andare, Rossa? — disse allora
la madre. — Dove vuoi andare, cosí disgraziati
come siamo?

Cosí la Rossa le si sedette accanto e le parlò
piano, con pazienza, per spiegarle come la figlia
Effa fosse partita, e disse anche che forse sarebbe andata a Castelmonte, se avesse cambiato
idea. Non era vero, anche la madre sapeva che
non era vero, tuttavia erano egualmente parole
buone, facevano bene col loro stesso suono, dopo che si era lasciata la casa, e si era perduta
la roba e la figlia e sulla terra e sulle genti
stava per passare la guerra.

Infine la madre si alzò. — Andiamo, — disse.
— È proprio meglio che andiamo. Mangano,
Nino, dobbiamo andare.

Ma il vecchio disse: — Io non mi muovo di
qua se non viene anche il maiale.

La Rossa si sentí improvvisamente voglia di
piangere, non sapeva neanche lei se per rabbia

118   **Basta che**   a condizione che, purché
slegare   *opposto di* "legare"; liberare
calcio   colpo dato con un piede
pancia   stomaco
levarsi   alzarsi
piagnucolare   piangere lamentosamente e sommessamente a lungo
collo   parte del corpo che unisce la testa al torace
prendere a calci   dare colpi con un piede
ruzzolare   precipitare, rotolare, cadere
giunto   *participio passato di* "giungere": arrivare
pur(e)   *qui:* ancora
Sì che cammino   certamente camminerò

1   Perché aveva voglia di piangere la Rossa?
2   Perché non lo faceva?
3   Che cosa chiese di fare a Nino?
4   Perché il maiale non stava bene in piedi?
5   Cosa fecero per far camminare il maiale?
6   Per quale motivo volevano che il vecchio Filippo andasse avanti?

o per disperazione, ma sentiva che piangere le avrebbe fatto bene. Invece disse con semplicità: — Nino, vediamo se c'è qualche modo di portare questo maiale.

— Basta che non si sia rotto le gambe, — disse Nino. Salí per la scarpata sul margine della strada dove il maiale era rimasto, e il vecchio gli andò dietro. Il ragazzo slegò le zampe del maiale, poi gli diede un paio di calci sulla pancia. La bestia si mise a strillare, e si levò anche in piedi, ma subito ricadde a terra.

— Hai visto che si è rotto le gambe, — piagnucolò il vecchio.

Il ragazzo si chinò a tastare le zampe del maiale. — Qua non c'è niente di rotto, — disse. — Non sta in piedi perché è rimasto legato tutto questo tempo, ecco perché non vuole stare in piedi.

— E allora come facciamo? — domandò il vecchio.

Il ragazzo rimase un poco a pensare. — Aspetta, — disse poi. — Vedrai che cammina —. Legò la corda attorno al collo del maiale e disse al vecchio: — Adesso vai giú e tira la corda. Stai attento che non ti scappi.

Il vecchio andò giú e si mise a tirare, ma il maiale strillava e non voleva muoversi. Allora il ragazzo lo prese furiosamente a calci e il maiale ruzzolò giú dalla scarpata, ma giunto in basso si alzò sulle zampe pur continuando a strillare.

— L'avevo detto io, — disse il vecchio. — Il miglior maiale della provincia.

— Come va, Nino? — domandò la Rossa.

— Siamo pronti, — disse Nino. — C'è niente da portare?

— No, pensa alle bestie, tu, — disse la Rossa. — E tu madre, bada a mio figlio. Lascia che cammini un poco, gli farà bene. Camminerai un poco, non è vero, Filippo?

— Sí che cammino, — disse il piccolo.

— Bene, possiamo andare, — disse la Rossa. — Vai avanti tu, Nino?

— Forse è meglio se va avanti mio padre, — disse il ragazzo. — Lui conosce bene i posti.

120
    fece per stava per
    malgrado che benché
    afferrare prendere e tenere con forza
    picchiare colpire, battere
    riprendersi riacquistare la padronanza di sé
    cacciare buttare, mettere
    Si sporcherà diventerà sporco: *opposto di* "pulito"
    sangue *blood*
    fardello pacco di roba, di solito grosso e pesante
    avviarsi mettersi in via, incamminarsi
    greto *river bank, shore*
    gradatamente gradualmente
    cosparso coperto
    macchia d'arbusti gruppo di cespugli, piante

1 Il vecchio che cosa sentì ancora in sé?
2 Perché non poteva andar avanti?
3 Come riuscì Nino a rimettere in piedi e a fare andare avanti il maiale?
4 Cosa fecero con le galline morte?
5 Chi teneva per mano il bambino?

— Mangano, — disse la madre. — Vai avanti tu. Bisogna prendere una strada buona.

Il vecchio sentí ancora in sé lo spirito degli antichi guidatori di genti, e fece per andare, ma il maiale non voleva muoversi. Si era nuovamente sdraiato per terra e non voleva muoversi malgrado che il vecchio tirasse e bestemmiasse con tutte le sue forze.

— Dio, — disse la Rossa.

— Aspetta, voglio vedere io se non riesco a farlo andare avanti, — disse il ragazzo Nino. Afferrò il bastone e picchiando energicamente sul maiale riuscí a rimetterlo in piedi e a spingerlo per un poco dietro al vecchio. Poi tornò a prendere le bestie e con la voce e col bastone cominciò a guidarle verso il fiume.

— Ci sono ancora le galline, — disse la madre.

— Ah sí, le galline, — sospirò la Rossa. Ma subito si riprese. — Quelle vive prendile tu, madre, — disse. — E quelle morte le caccerò qua dentro. Si sporcherà tutto di sangue, ma non importa —. Il fardello diventò troppo grosso e pesante. Essa se lo caricò con forza sulle spalle e cominciò ad andare. Dietro a lei si avviò la madre, portando le due galline vive e tenendo per mano il piccolo Filippo.

In quel punto il fiume era un po' lontano, e il terreno fra la strada e il greto scendeva gradatamente, cosparso di macchie d'arbusti, con qualche grosso albero. La luna era ormai abbastanza alta, e tuttavia non ci si vedeva bene, a causa delle ombre.

— Nonna, — disse il piccolo Filippo. — Dov'è andata la zia Effa?

— Non so, — rispose la madre.

Allora il bambino si liberò dalla mano di lei e si portò vicino a sua madre che camminava avanti di qualche passo, curva sotto il grosso involto.

— Dov'è andata la zia Effa, mamma? — domandò il bambino.

— È andata via, — disse la Rossa.

— Via dove? — domandò il bambino.

122   **fece qualche passo**   camminò un po'

sasso   pietra

passare   *qui:* attraversare (il fiume)

amareggiato   afflitto, molto triste

gli avete...abitudini   per causa vostra il maiale ha preso delle brutte abitudini

fiutare   *detto di animali:* esplorare e aspirare l'odore delle cose con il naso

teso   allungato e rigido

fondo sassoso   *rocky river bed*

ostinarsi   essere persistente, insistere

Ormai   a questo punto è troppo tardi

1   Perché la madre prese in braccio il bambino?
2   Perché il maiale si fermò sul greto del fiume?
3   A chi diede la colpa il vecchio per la resistenza del maiale?
4   Come entrarono nell'acqua le bestie?
5   Perché si fermarono a metà del fiume?

— È andata da tuo padre, — disse la Rossa.

— E noi non andiamo da mio padre? — domandò il bambino.

— No, — disse la Rossa.

Il bambino fece qualche passo pensieroso, poi domandò: — Dove andiamo noi, mamma?

— Noi andiamo qua vicino, — disse la Rossa. — Andiamo qua vicino e dopo torniamo a casa.

Ancora il bambino pensò. Poi disse: — Perché non è qui vicino mio padre?

— Non so, — disse la Rossa. — È troppo lontano.

Arrivarono sul greto del fiume, dove c'era molta luce. La madre chiamò il bambino e se lo prese in braccio con le galline e tutto, perché era difficile camminare sopra i sassi. E un poco più avanti il vecchio si fermò, e dietro a lui si fermarono le bestie e il ragazzo Nino.

— Cosa c'è ancora? — domandò la Rossa.

— Il maiale non vuol andare avanti, — disse il ragazzo. — Ha paura dell'acqua e non vuol passare.

Il vecchio era entrato nell'acqua con i piedi e tirava la corda, grandemente amareggiato perché il maiale faceva resistenza. — È un bel maiale, — disse. — Ma gli avete fatto prendere delle brutte abitudini.

— Aspetta, padre, — disse il ragazzo. — Noi passiamo di là e poi veniamo ad aiutarti.

Le bestie entrarono nell'acqua lente e diffidenti, fiutando continuamente col collo teso. A metà del fiume una si fermò per bere, e allora anche le altre si fermarono per bere. Gli uomini camminavano prudenti, tastando prima col piede il fondo sassoso. L'acqua arrivava fino al ginocchio, ed era fredda. Il maiale strillava perché il vecchio si ostinava a tirarlo per la corda.

— Era meglio se ci toglievamo le scarpe, Rossa, — disse la madre.

La Rossa alzò le spalle. — Ormai, — disse.

124

ESERCIZI

A *Piacere e dispiacere.* **Completare con la forma verbale corretta:**

1 Ti . . . (piacere) le pesche quando non sono ancora mature?
2 Quel film veramente mi . . . (piacere) — anzi, è forse il più bel film che io abbia mai visto.
3 Vi . . . (dispiacere) se non vi accompagniamo?
4 Da bambini ci . . . (piacere) andare al mare; ora con le acque inquinate non ci . . . (piacere) più andare.
5 Non so se quell'idea . . . (piacere) al vecchio.
6 Ti . . . (dispiacere) se io non potessi farlo prima di domani?

B **Rispondere affermativamente alle seguenti domande, sostituendo alle parole in corsivo il pronome corrispondente:**
Esempio: Quel luogo piace *a Maria*?
        Sì, quel luogo *le* piace.

1 Dispiace *a Roberto* che non siano venuti?
2 Quella mostra di quadri è piaciuta *ai ragazzi*?
3 *A Maria* piacerà tutta questa confusione?
4 La Rossa piaceva *al vecchio*?
5 *Agli studenti* piace studiare?

C **Completare con la forma verbale corretta:**

1 Ti dispiace che loro non . . . (potere) venire?
2 Le piaceva tanto che noi . . . (andare) sempre d'accordo.
3 Gli dispiacerebbe . . . (vedere) una tale cosa.
4 Mi dispiace, ma io non . . . (potere) farne a meno.
5 Mi piace che il lavoro . . . (essere) così facile.

D **Usare in frasi complete:**

1 piegarsi   4 fare presto
2 darsi da fare   5 accostare a
3 aumentare   6 farsi forza

E **Completare il comparativo di maggioranza o di minoranza:**
Esempio: Lei è più paziente . . . me.
        Lei è più paziente *di* me.

1 Abbiamo notato più . . . dieci sbagli.
2 Sono meno ricchi . . . noi, ma se la cavano.
3 La virtù è più bella . . . gloria.
4 In breve tempo otterremo migliori risultati . . . questi.
5 È più furbo . . . pensavo.
6 A volte i filosofi sono meno saggi . . . dotti.

7 È meglio sperare . . . disperare.
8 Maria è più bella . . . sua sorella.

F   Da discutere:

1 Durante il viaggio il vecchio Mangano sembra assumere la
  funzione di un capo che guida un popolo in emigrazione.
  Spiegare il significato di quest'immagine.
2 "In qualche modo bisognava tirare avanti, il meglio possibile."
  Questa convinzione della madre era anche quella degli altri
  membri della famiglia?

salire   andare su
arbusto   cespuglio, pianta
Chi sa che si addormenti   forse si addormenterà
un tratto   una certa distanza
a vicenda   l'un l'altro, reciprocamente
Anzi   infatti
succedere   accadere, avvenire
proprio   precisamente
vergogna   disonore
peso   *qui:* fardello, pacco pesante
al suo fianco   accanto a lei

1   Come era il terreno sull'altra riva del fiume?
2   Perché la madre non voleva mettere giù il bambino?
3   Con chi parlava il vecchio Filippo?
4   Che cosa avrebbe dovuto capire la madre?
5   Che cosa aveva fatto la Effa che non aveva mai fatto prima?

Nello stesso ordine ripresero il cammino sull'altra riva, dirigendosi ai monti vicini. Il terreno saliva gradatamente, con arbusti ed alberi.

— Puoi metterlo giú, adesso, — disse la Rossa alla madre che portava in braccio il piccolo Filippo.

— No, no, — disse la madre. — Chi sa che si addormenti di nuovo.

Andarono avanti per un tratto in silenzio. Si sentiva il ragazzo Nino incitare le bestie con la voce e col bastone. Un poco piú lontano il vecchio ragionava ad alta voce col maiale, e si tiravano a vicenda.

— Che ne pensi, Rossa? — domandò improvvisamente la madre.

— Di chi? — disse la Rossa. — Della Effa?

— Sí, — disse la madre.

La Rossa non rispose subito. Poi disse: — Penso che sia una buona ragazza, madre. Anzi se le è successo questo è proprio perché è una buona ragazza.

La madre andò avanti pensierosa prima di parlare ancora. — Tu pensi che sia andata via per la vergogna? — domandò poi.

— Non so, — disse la Rossa. — Forse non era solo per la vergogna.

— Avrei dovuto capire, — disse la madre. — Ieri sera quando eravamo in cucina avrei dovuto capire. Sai, Rossa, eravamo sole in cucina al buio, ed è venuta a mettermi le braccia al collo e si è messa a piangere. Non aveva mai fatto cosí.

La Rossa camminava in silenzio sotto il suo peso, e la madre camminava al suo fianco con in braccio il bambino mezzo addormentato.

Ci si pensa sempre dopo uno sempre capisce queste cose quando è già troppo tardi

spiegarsi esprimersi

maledire condannare

sposare prendere in matrimonio

il tipo di un farabutto una persona senza scrupoli

per casa in casa, a casa nostra

Sicuro certamente

pendice inclinazione (del terreno)

colle monte, collina

perdurare continuare, persistere

alquanto parecchio

lottare contendere, litigare

vagare andare qua e là, senza direzione certa

in cerca di cercando

sentiero via o strada molto stretta

tagliare quello che si fa con un coltello

1 Che cosa aveva creduto la madre quando la Effa le aveva messo le braccia al collo e s'era messa a piangere?
2 Che cosa temeva la madre per quanto riguardava la Effa?
3 A chi voleva bene la Effa?
4 Dove era andata? Perché?
5 Chi era l'amante di Effa?
6 Che cosa cercava il vecchio Filippo sul limite del campo?

— Ci si pensa sempre dopo, — disse ancora la madre. — Ma non aveva mai fatto cosí. Io credevo che avesse paura. E adesso mi pare che sia passato tanto tempo.

Neanche questa volta la Rossa rispose.

— Rossa, — disse la madre.

— Dimmi, — disse la Rossa.

— Ma non ha detto perché andava via? — domandò la madre.

— Lo sai, madre, — disse la Rossa. — Ti ho già spiegato perché è andata via.

— No, non questo, — disse la madre. — Non mi so spiegare bene. Volevo sapere se ha detto qualche cosa anche di me. Magari pensava che l'avrei battuta, o anche maledetta.

— Non ha parlato di queste cose, madre, — disse la Rossa. — Ha detto solo che **doveva** andare. E anch'io pensavo che doveva andare.

— Anche tu credevi che non avrei capito? che non sarei stata buona? — disse **la madre.** — Anche se è una grande vergogna, avrei capito lo stesso.

— Sí, madre, — disse la Rossa. — Ma non è questo che importa. Lei voleva bene a tutti noi, e a te specialmente, e le dispiaceva andar via. Ma doveva andare da lui. Forse si sposeranno, anche. Lui non era proprio il tipo di un farabutto.

— Hai detto che era uno di quei sergenti, non è vero, Rossa? — disse la madre. — Venivano sempre per casa, ma non me ne ricordo neanche uno in particolare. Ci si pensa sempre dopo.

— Era uno biondo, — disse la Rossa. — Uno che aveva **studiato.**

— Sicuro, — disse la madre.

Erano ormai usciti dalla zona del fiume, e arrivati alle pendici dei colli dove le terre erano piú coltivate. Nel vecchio perdurava lo spirito degli antichi migratori, e cosí egli era andato alquanto avanti, sempre lottando e ragionando col maiale. Adesso vagavano sul limite di un **campo, in cerca di qualche sentiero.**

— Ma guarda un po' come han tagliato que-

granturco *corn*

non la capiva la = questa cosa

Del resto e poi, per altro

facessero pur *let them go ahead and do*

sentiero qualsiasi non importava quale sentiero

portare *qui:* menare, condurre

incespicare dare col piede contro un ostacolo, inciampare

filo di reticolato *piece of barbed wire*

appena sollevato non molto alzato, levato

servire essere utile

strappare lacerare, rompere

impuntarsi *detto di animali:* rifiutarsi di andare avanti puntando i piedi a
     terra

si trovavano tutti e due di là tutti e due erano di là del reticolato

scorgere vedere, discernere

saltò su di una mina fu ucciso dall'esplosione di una mina

disteso sdraiato

depose *passato remoto di* "deporre": mettere giù

filo spinato *barbed wire*

piegarsi incurvarsi

1 Come avevano tagliato il granturco?
2 Cercando il sentiero, in che cosa inciampò il vecchio?
3 Perché non si capiva a che cosa servisse il filo di reticolato?
4 Perché bestemmiò il vecchio?
5 Che cosa gridò il vecchio a Nino?
6 Come morì il vecchio?
7 Che cosa fece la madre quando capì ciò che era successo?
8 Cosa le gridò suo figlio?
9 Cosa trovò per terra la madre?

sto granturco, — disse il vecchio al maiale.
Avevano tagliato il granturco verde, e poi l'avevano lasciato lí sul campo. Anche delle siepi
e degli alberi là intorno erano stati tagliati.
Facevano tante cose nuove adesso nei campi, 5
ma questa proprio egli non la capiva. Del
resto, facessero pur quel che volevano, non era
terra sua. Egli doveva solo trovare un sentiero
qualsiasi, che portasse verso la strada di Castelmonte. E cosí vagando in cerca del sentie- 10
ro, incespicò ad un certo punto in un filo di
reticolato, un ridicolo filo di reticolato, messo
appena sollevato da terra, che non si capiva a
cosa servisse.

Il vecchio bestemmiò perché si era strappa- 15
to i pantaloni. — Qua c'è un porcodio per terra,
— disse. Ma il maiale egualmente s'impuntò
contro il filo, e grugniva forte, ed egli dovette
tirare e lottare parecchio per farlo passare
dall'altra parte. 20

Quando finalmente si trovarono tutti e due
di là, già si scorgeva lontana l'ombra delle bestie che venivano dietro.

— Stai attento, Nino, — gridò il vecchio.
— Qua c'è un porcodio per terra —. E andò 25
avanti. Fece quattro o cinque passi, poi saltò
su di una mina. Anche il maiale cadde disteso
e urlò un paio di volte prima di morire. Le
bestie si fermarono di colpo e dietro si fermarono il ragazzo Nino e le donne che seguivano. 30

— Padre! — chiamò il ragazzo. — Padre!

Allora la madre capí. Depose a terra il piccolo Filippo e si mise a correre in avanti.

— Non andare, madre. Non andare, — gridò
il ragazzo. 35

Ma la madre continuò a correre, e incespicò
nel filo spinato e cadde e si levò di nuovo in
piedi. Arrivò a due macchie scure che si vedevano per terra. Una era il maiale. La madre si
piegò sull'altra e toccò con le mani la carne e 40
il sangue caldo.

— Vieni fuori, madre, — chiamava il ragazzo. — Vieni fuori.

— È morto, — disse la madre.

132

stringere i denti tenere serrati con forza i denti
pugno mano chiusa e tenuta stretta
raggiungere arrivare dove c'è un'altra persona
non gli venne niente da dire non riuscì a trovare le parole giuste
posare mettere
narice (f.) una delle due aperture del naso
le sue carni il suo corpo

1 Perché stringeva i denti e i pugni Nino mentre camminava verso la madre?
2 Dove accompagnò la madre?
3 Toccando le narici e la bocca umida della vacca, di che cosa si ricordò Nino?

— Non stare là in mezzo, vieni fuori, —
gridava il ragazzo.

— È morto, — disse nuovamente la madre
senza muoversi. Stava chinata su quella macchia scura e non si muoveva.

Allora il figlio passò quel ridicolo filo di
reticolato e camminò in avanti stringendo i
denti e i pugni. Gli pareva di andare coi piedi
nudi su dei pezzi di vetro. E raggiunse infine
la madre, ma non gli venne niente da dire.
Non ebbe neanche il coraggio di guardare la
macchia scura per terra. Solo piú tardi mosse una mano per cercare il viso della madre.

— Nino, — disse allora la madre. — Sei tu,
Nino?

— Sí, — disse il ragazzo. — Andiamo fuori —. La prese per un braccio e la accompagnò
fuori, vicino alla Rossa, e la fece sedere per
terra.

— Chi è morto? — domandò il piccolo Filippo.

Nessuno gli rispose, ed egli domandò ancora: — Chi è morto? il nonno?

— Sí, il nonno, — disse il ragazzo Nino.

Il bambino allora stette zitto.

— Cosa facciamo, adesso? — domandò il ragazzo alla Rossa.

— Non so, — disse la Rossa. — Non dirmi
niente, Nino. Non dirmi niente per un poco.

Allora il ragazzo tornò alle bestie. Stavano
ferme nella notte, con le teste l'una accanto
all'altra, e forse dormivano. Il ragazzo posò una
mano sulla testa della vacca e l'accarezzò con
dolcezza e con la mano scese fino alle narici e
alla bocca. Era qualcosa di caldo e umido e
delicato. Ma qualcosa di vivo. E il padre era là
poco lontano, una macchia scura, e anche le sue
carni dovevano essere calde e umide, e lui
non aveva avuto il coraggio di toccarle.

Una grossa nuvola s'era messa davanti alla
luna, nera nera con il bordo d'argento.

ESERCIZi

A Mettere il verbo in corsivo nella forma impersonale:
Esempio: I bambini *guardavano* i carri.
Si guardavano i carri.

1 I ragazzi *capiscono* bene quello che *devono* fare.
2 Chi sa se *facciamo* bene a partire.
3 La Effa *sapeva* i nomi dei soldati.
4 Come *possono* essere d'accordo con una tale proposta?
5 A volte non *riusciamo* a capire un bel niente!
6 Loro *fanno* presto quando si tratta di cose serie.
7 Nino *sentì* muoversi la madre.

B Completare le seguenti frasi, scegliendo il verbo appropriato fra i due in parentesi:

1 Ieri quando... (ho visto / vidi) Nino,... (stava / stette) poco bene.
2 Non... (ci vediamo / ci siamo visti) da parecchio tempo.
3 Chi è che... (ha scritto / scrisse) questa parolaccia?
4 Da che mondo è mondo ci... (è stata / era) sempre la guerra.
5 Anni fa in Italia li... (visitai / ho visitati).
6 Per tutto quest'anno... (siamo rimasti / rimanemmo) senza una sua lettera.

C Sostituire alle parole in corsivo l'aggettivo possessivo corrispondente:
Esempio: La Effa ha preso la scatola *della Rossa.*
La Effa ha preso la *sua* scatola.

1 Avete visto il cestino *di Nino?*
2 Ecco il passaporto *di Maria.*
3 Il carro *dei Mangano* fu investito da un autocarro.
4 Dove hai messo le scarpe *di Nino?*
5 Il pianto *del bambino* era veramente commovente.
6 Da ora in poi non voglio più sentir parlare delle lamentele *del vecchio.*

D Sostituire alle parole in corsivo il pronome oggetto o di termine, facendo i cambiamenti necessari. I verbi sono nell'imperativo.
Esempio: Giovanni, porta *i soldi* a tuo padre.
Giovanni, *portali* a tuo padre.

1 Signora, per favore, dia *questo foglio* a suo marito.
2 Massimo, di' *a tua sorella* di venire qua.
3 Dica *ai signori* che le loro camere sono già pronte.
4 Prenda *questo ritaglio di giornale* e lo consegni al bibliotecario.

5 Ho fretta; mi faccia *il conto,* per cortesia.
6 Fate *il lavoro* adesso perché ormai è tardi.

E   **Da discutere:**

Per la madre, che cosa rende particolarmente amara la **partenza** di Effa?

reticolato   *barbed wire*
terreno   terra
fare la guardia   guardare per proteggere o difendere
malgrado   nonostante, a dispetto di
fucile mitragliatore   *portable machine gun*
annoiato   stanco ed irritato
venire sotto   avvicinarsi
vuoto   *opposto di* "pieno"; che non contiene niente
Una volta che   nel passato quando
moschetto   arma da fuoco, più corta e leggera del fucile

1   Che cosa facevano i soldati nella notte?
2   Com'era la notte?
3   Che rumore veniva dalla strada lungo il fiume?
4   Dove si erano seduti i soldati che facevano la guardia?
5   Che cosa pensavano i soldati?
6   Di che cosa si lamentava il soldato con il caporale?
7   Per quanto tempo non avevano mangiato?

Vi erano nella notte alcuni soldati che lavoravano a costruire reticolati, e altri che lavoravano a nascondere mine nel terreno, e altri ancora che facevano la guardia per quelli che lavoravano. La notte era tranquilla, malgrado qualche colpo di cannone piuttosto vicino. Dalla strada lungo il fiume arrivava continuo ronzio di motori. Nel cielo c'era un pezzo di luna ormai alto.

Due uomini stavano a far la guardia, seduti per terra vicino ad un fucile mitragliatore. Uno era un caporale, e l'altro un soldato, molto giovane, e annoiato di quel servizio. Essi pensavano che ci fosse del tempo, prima che il loro nemico venisse sotto. Forse ancora due giorni di tempo.

— Non hai proprio niente da mangiare? — domandò il soldato.

— Niente, — disse il caporale. — Quante volte te lo devo dire?

— Mi sento lo stomaco vuoto, — disse il soldato. — Una volta che ci davano di piú da mangiare, si poteva metter via qualcosa per la notte.

Il caporale non rispose, e allora il soldato si alzò e si mise il moschetto sulla spalla e camminò un poco là intorno. — Sono troppe, tredici ore senza mangiare, — disse. E subito domandò: — Come credi che finirà questa faccenda?

— Che faccenda? — disse il caporale.

— La guerra, — disse il soldato.

— Finirà bene, — disse il caporale.

— Sí, — disse il soldato. — Ma dicono che

138

Siamo . . . tutto il fatto è che siamo in una posizione difficile
fumare aspirare il fumo del tabacco. *Es.* Ho smesso di fumare le sigarette;
    adesso fumo solo la pipa.
Manca molto per ci resta ancora molto tempo prima di
buca *trench*
orologio da polso *wristwatch*
Manca più di ci resta più di
scoppio esplosione
da quella parte in quella zona
con l'orecchio teso ascoltando attentamente
è andato a finire *ended up*
fare a capire riuscire a capire
pigramente lentamente
in giro intorno
linea *qui:* fronte di un esercito (termine militare)
ordine comando (degli ufficiali militari)

1 Secondo il soldato, perché l'altra guerra finì male?
2 Era vero che non ci fosse più niente da mangiare?
3 Per quanto tempo dovevano ancora fare la guardia?
4 Che cosa sentirono ad un certo punto?
5 Perché rimasero sorpresi a sentire scoppiare una mina?
6 Perché i soldati non capivano quello che dicevano Nino e la madre?
7 Che cosa non sembrava giusto al soldato?

anche l'altra guerra è andata a finire perché ad un certo punto non c'era piú niente da mangiare, ed è finita male.

— Tu non devi pensare a queste cose, — disse il caporale. — Ci sono degli altri che devono pensarci. E poi non è vero che non ci sia piú niente da mangiare. Siamo in un punto delicato del fronte, ecco tutto.

Il soldato fece ancora alcuni passi avanti e indietro. — Almeno si potesse fumare, — disse. — Manca molto per tornare in buca?

Il caporale guardò il suo orologio da polso contro la luce della luna. — Manca piú di un'ora, — disse.

— Piú di un'ora, — disse il soldato, e riprese a camminare avanti e indietro.

Poi si udí uno scoppio, non tanto lontano. Il soldato si fermò di colpo. — Dev'essere scoppiata una mina! — disse.

— Ho sentito, — disse il caporale. — Ma non ci dovrebbe essere nessuno a lavorare da quella parte.

Stettero un poco con l'orecchio teso ad ascoltare i rumori.

— Senti che chiamano? — disse il soldato. — Qualcuno è andato a finire sulle mine.

— Sí, — disse il caporale.

— Mi pare di sentire anche una donna, — disse il soldato. — Di sicuro è una donna. Capisci quello che dicono?

— Stai un po' zitto, — disse il caporale. — Come vuoi che faccia a capire? Devono essere italiani.

Il soldato stette zitto, e si sentirono ancora dei rumori, qualcuno che chiamava nella notte. Una grossa nuvola andando pigramente per il cielo arrivò a coprire la luna. L'aria si fece piú scura, e il caporale si alzò in piedi e guardò in giro.

— Ti pare che sia giusto, questo? — domandò il soldato.

— Cosa? — fece il caporale.

— Tutta questa gente che va su e giú per le linee, — disse il soldato. — C'è ordine di la-

che qualcuno ti frega che qualcuno ti fa danno, ti inganna
A parte eccetto
Non tocca a noi non sono affari nostri
Piuttosto *Es.* Piuttosto morire che tradire.
avvertire avvisare, informare
inquietudine agitazione, ansia, preoccupazione
tedesco lingua parlata in Germania
Noi abbiamo . . . chiamare abbiamo anche sentito qualcuno che chiamava
dare le consegne dare o affidare (qualcosa a qualcuno)
sparare quello che si fa con un'arma da fuoco

1 Perché il caporale non voleva andare a vedere quello che era successo?
2 Dove mandò il soldato?
3 In quale direzione si allontanò il soldato?
4 Chi accompagnava il soldato quando ritornò?
5 Il caporale che cosa diede al suo soldato?
6 Camminando verso la grossa macchia scura, che cosa portavano in mano i soldati?
7 Che cosa videro nel campo?

sciarli passare e non si capisce niente e dopo
viene il momento che qualcuno ti frega.

Il caporale alzò le spalle. A parte i colpi di
cannone e il ronzio sulla strada, non si sentiva
piú nulla.

Il soldato riprese a camminare. — Però, dovremmo fare qualche cosa, — disse. — Vuoi
che andiamo a vedere?

— Non tocca a noi, — disse il caporale.
— Piuttosto bisogna avvertire il maresciallo.
Vuoi andare tu? Digli che forse è scoppiata
una mina da queste parti.

Il soldato si allontanò nella direzione opposta a quella dello scoppio. Il caporale guardava attento in giro, e anche dopo che la luna
venne di nuovo fuori continuò a guardare con
una certa inquietudine.

Poco tempo dopo il soldato venne di ritorno.
Con lui vi erano altre quattro persone, due
tedeschi e due italiani, e uno di questi era un
sergente che sapeva il tedesco.

— Dov'è scoppiata questa mina? — domandò
il sergente.

— Là in fondo, — disse il caporale. — Noi
abbiamo sentito anche chiamare.

— Puoi accompagnarci? — domandò il sergente.

Il caporale diede le consegne del fucile mitragliatore al suo soldato, prima di partire
con i quattro uomini. Camminarono verso il
posto dov'era scoppiata la mina, attraverso dei
campi dove il granturco era stato tagliato ancora verde.

— Ecco, — disse uno dei soldati. — Io vedo
qualche cosa.

— Dove? — domandò il sergente.

— Là, — disse il soldato. Si vedeva una grossa macchia scura.

— Proviamo ad andare avanti, sergente, —
disse un altro soldato.

Camminarono ancora per un campo di granturco tagliato, verso la grossa macchia. Portavano i fucili in mano, pronti per sparare.

— Devono essere buoi, — disse il soldato che
aveva parlato per primo.

borghesi   civili; *opposto di:* militare, soldato
È saltato   *qui:* è stato lanciato in aria da uno scoppio o esplosione
minato   che contiene mine

1   Chi rispose quando il sergente gridò?
2   Perché il sergente andò fino al filo di reticolato?
3   Chi voleva vedere il sergente?
4   Che cosa fecero le donne quando il sergente e gli altri soldati si avvicinarono?

Tutti si fermarono e guardarono, e capirono che erano buoi.

— Ohè, c'è qualcuno là in fondo? — gridò il sergente.

— Noi, — rispose una voce.

— Chi, noi? — gridò il sergente.

— Noi, — disse la voce dopo un poco. — Siamo dei borghesi.

— Dev'essere un ragazzo, — disse il sergente. — Andiamo avanti.

Andarono avanti e videro i due buoi e la vacca e il ragazzo Nino, che era un ragazzo di quindici anni.

— Cosa fai qui? — domandò il sergente.

— Mio padre, — disse il ragazzo. — È saltato sulle mine —. Indicò la macchia per terra dentro il campo minato.

— È morto? — domandò il sergente.

— Sí, — rispose il ragazzo.

Il sergente arrivò fino al filo di reticolato per guardare meglio. — Mi pare che siano due, — disse. — C'era qualcuno con tuo padre?

— No, — disse il ragazzo. — L'altro è il maiale.

— Il maiale? — disse il sergente.

— Sí, — rispose il ragazzo.

Il sergente guardò ancora, e non parlò per qualche istante. — Be', — disse poi tornando verso il ragazzo. — Cosa vuoi fare, adesso.

— Niente, — disse il ragazzo. — Là c'è mia madre, e la Rossa col bambino.

— Tua madre e chi? — domandò il sergente.

— La Rossa, — disse il ragazzo. — È mia cognata.

Il sergente voleva vederle, e cosí andarono tutti insieme, e si misero attorno alle due donne. La Rossa si alzò, ma la madre rimase seduta e si tirò sul viso il fazzoletto nero che aveva in testa. Appoggiato a lei, il piccolo Filippo guardava i soldati con interesse.

— Son venuti questi soldati, madre, — disse il ragazzo Nino.

— Cosa volete? — domandò la Rossa.

— Bisogna che andiate via, — disse il ser-

144   **sgombro**   libero, vuoto
seppellire   mettere sotto terra, in una tomba
andare a trovare   visitare
Volete qualcuno aiutarci   qualcuno di voi vuole aiutarci
il genio   un corpo di soldati al quale in genere sono affidati lavori tecnici
un telo   *canvas or heavy fabric*
qualsiasi   non importava quale

1 Che cosa disse il sergente alle due donne?
2 Perché la madre voleva portare via il morto?
3 Perché il sergente disse loro di non preoccuparsi del morto?
4 Che cosa ci voleva per mettere dentro la salma del vecchio?
5 Perché la Rossa si chinò a frugare nell'involto?

gente. — Questa zona dev'essere sgombra prima che faccia giorno.

— Andremo via, — disse la Rossa.

— Bisogna che facciate presto, — disse il sergente.

— Va bene, — disse la Rossa. — Faremo presto. Poi si rivolse alla madre e disse: — Madre, c'è questo militare, e dice che bisogna andar via.

— Porteremo anche lui, non è vero, Rossa? — disse la madre. Parlava tenendo il volto basso e coperto. — Lo porteremo con noi a Castelmonte. Bisogna seppellirlo in qualche posto dove possiamo andarlo a trovare, dopo.

— Ci vorrebbe qualcuno che ci aiutasse a portarlo, — disse la Rossa. E verso il sergente domandò: — Volete qualcuno aiutarci a portare il morto fino a Castelmonte? Non è molto lontano.

— Oh, non preoccupatevi per il morto, — disse il sergente. — Ci penserà il genio a tirarlo fuori, e poi lo seppelliranno in qualche posto, state sicure.

— No, — disse la madre. — Lo porteremo con noi e lo seppelliremo noi. È mio marito.

— Bisogna far presto e voi complicate le cose, — disse il sergente. — Chi volete che vada a prenderlo in mezzo alle mine?

— Vado io, — disse il ragazzo Nino. — Ci sono già stato. Basta che venga uno di voi ad aiutarmi.

— Vengo io ad aiutarti, — disse la madre.

— No, no, — disse il ragazzo. — Vedrai che qualcuno di questi soldati vorrà aiutarmi.

— Posso venire io, — disse un soldato. — Solo ci vorrebbe un telo o una coperta per metterlo dentro.

— Dammi una coperta, Rossa, — disse il ragazzo. — Prendi la sua coperta.

La Rossa si chinò a frugare nel suo grosso involto e prese una coperta qualsiasi.

— Cosa fanno? — domandò il caporale tedesco. — Perché non torniamo indietro?

146   **mettersi dietro** seguire, venire dopo
camerata compagno, amico
fare di sì dare risposta affermativa
mettersi da parte andare a stare un po' distante
rinunciare decidere di non fare una cosa

1 Chi andò con Nino a prendere il vecchio?
2 Che cosa indicò al caporale tedesco il soldato?
3 Perché il sergente che ascoltava la madre e la Rossa rinunciò a parlare?
4 Perché si rivolse ai tedeschi?
5 Che cosa chiese alla Rossa e alla madre?
6 Dove andò a prendere una corda la Rossa?

— Vogliono andare a prenderlo, — disse il
sergente.

— E chi va a prenderlo? — domandò il caporale.

— Questo soldato, col ragazzo, — disse il
sergente.

Il ragazzo Nino prese la coperta dalle mani
della Rossa. — Andiamo, — disse verso il soldato. — Venite dietro a me.

Il soldato seguí il ragazzo, e dietro si mise il
caporale tedesco. — Vieni anche tu? — domandò il soldato.

Il caporale non capí, e fece segno di andare avanti. Qualche passo dopo il soldato si fermò per toccarlo su di una spalla, e indicò per
terra. — Attento al reticolato, camerata, —
disse.

Il tedesco fece ampiamente di sí con la testa, e rideva.

— Ecco, — disse il ragazzo. — Siamo arrivati.

— Bene, — disse il soldato. — Adesso lascia
fare a noi. Dammi la coperta e mettiti da parte.

— Rossa, — disse la madre.

— Sí — rispose la Rossa.

— Non capiterà qualche disgrazia a Nino,
vero? — disse la madre.

— Cosa vuoi che gli capiti, — disse la Rossa. — Ci siete già andati, fin là.

— Lo so, — disse la madre. — Ma ho una
grande paura.

Il sergente che stava a sentire fece un movimento come per parlare, e poi rinunciò, tanto
non serviva a niente. Si rivolse invece ai tedeschi. — Su ragazzi, — disse. — Prepariamo
qualcosa per portarlo. Ci vorrebbe una corda,
almeno —. E in italiano disse: — Ehi, voi.
Non avete una corda?

La Rossa stette un poco a pensare dove
potesse esserci una corda, poi andò a staccar-
la dal collo della vacca.

Vennero gli altri portando il morto raccolto nella coperta.

— Dove lo mettiamo, Rossa? — domandò il
ragazzo Nino.

148   barella   tipo di letto per il trasporto di ammalati
Attenti . . . pezzi   state attenti a non lasciar cadere i pezzi
osare   avere il coraggio
Sotto, sotto, ragazzo!   Giù! Abbassati, ragazzo!

1   Che cosa avevano preparato per portare il morto?
2   Chi portò il grosso involto della Rossa?
3   Perché il sergente si voltò a gridare verso Nino?

— Venite qua, — disse il sergente. — Abbiamo preparato una specie di barella.

Tutti i soldati si unirono intorno a loro per aiutarli. — Attenti che cascano i pezzi, — disse il soldato.

— È ridotto tanto male? — domandò il sergente.

— Oh, — fece il soldato. — Non abbiamo neanche trovato le gambe.

Il piccolo Filippo si era attaccato a sua madre e non osava staccarsene, benché si sentisse molto curioso di vedere ciò che i soldati facevano al nonno. — È morto, così? — domandò.

— Sí, — disse la Rossa. — Cosí è morto.

— Se volete che andiamo, noi siamo pronti, — disse il soldato.

La Rossa si chinò sul suo grosso involto e fece per caricarselo sulle spalle.

— Cosa state facendo? — disse il sergente. — Lasciate stare, porto io.

— Grazie, — disse la Rossa, e raccolse da terra le due galline vive. — Andiamo, madre. Andiamo, Nino.

La madre si alzò e prese in braccio il piccolo Filippo e s'incamminò insieme alla Rossa, dietro la barella dove stava il vecchio raccolto in una coperta. Accanto a loro, attraverso il campo di granturco tagliato, camminava il sergente con la roba sulle spalle, e ultimo veniva il ragazzo che col bastone e la voce spingeva avanti le bestie.

— Certo, è una gran disgrazia, — disse il sergente.

— Sí, — disse la Rossa.

Il sergente cercò ancora qualcosa da dire. — Non era mica molto vecchio, vero? — domandò.

— No, — disse la Rossa.

Il sergente allora rinunciò a parlare con lei, ma si voltò indietro e gridò verso il ragazzo: — Sotto sotto, ragazzo! Non senti come sparano?

I colpi arrivavano molto piú vicini, adesso, sulla strada di là del fiume. Poi si sentí una

150   **detonazione** esplosione
        Accidenti *Damn!*
        fare saltare fare esplodere, distruggere con la dinamite
        schiarirsi diventar più chiaro
        alba prima luce del giorno

1   Che cosa sí sentì quasi alle spalle?
2   Che cosa era stato fatto saltare?

serie di detonazioni quasi alle spalle, diverse dai colpi di cannone. Il sergente si fermò e ascoltò. — Accidenti, — disse. — Fanno già saltare il ponte. — E prima di muoversi gridò al ragazzo che veniva avanti con le bestie: — Non è niente, ragazzo. Fanno saltare il ponte.

Il cielo sopra l'orlo dei monti cominciava a schiarirsi per l'alba.

ESERCIZI

A   Completare con la forma corretta del verbo riflessivo al passato prossimo:

1 Le donne . . . (mettersi) da parte.
2 L'aria . . . (farsi) più scura.
3 La madre . . . (tirarsi) sul viso un fazzoletto nero.
4 I soldati . . . (riunirsi) intorno a loro per aiutare.
5 Tu . . . (allontanarsi) nella direzione opposta.
6 Il caporale . . . (alzarsi) e . . . (mettersi) al lavoro.
7 La madre . . . (chinarsi) a prendere una coperta.
8 Tutti . . . (fermarsi) di colpo quando la mina è scoppiata.

B   Completare con l'imperfetto del congiuntivo:
      Esempio: Il bimbo parlò come se . . . (essere) stanco.
               Il bimbo parlò come se fosse stanco.

1 Lui si comporta come se non . . . (accorgersi) di nulla.
2 Parlami come se io . . . (essere) tuo padre!
3 Loro parlano sempre come se . . . (essere) poveri contadini senza soldi.
4 Lui rideva come se non . . . (trattarsi) di una cosa seria.
5 La madre reagiva come se non . . . (capire) niente.

C   Completare con il presente e l'imperfetto del congiuntivo del verbo in corsivo:
      Esempio: Ci sono ancora due giorni di tempo.
               Credo che ci siano ancora due giorni di tempo.
               Credevo che ci fossero ancora due giorni di tempo.

1 Lui viene qui alle diciassette ogni sera.
   È necessario che lui . . . qui alle diciassette ogni sera.
   Era necessario che lui . . . qui alle diciassette ogni sera.
2 —È giusto questo? —domandò il soldato.
   —Ti pare che . . . giusto questo? —domandò il soldato.
   —Ti pareva che . . . giusto quello? —domandò il soldato.
3 In questo caso loro hanno ragione.
   In questo caso sembra che loro . . . ragione.
   In quel caso sembrava che loro . . . ragione.
4 Voi andate via, non è vero?
   Bisogna che voi . . . via, non è vero?
   Bisognava che voi . . . via, non è vero?
5 Non c'è niente da mangiare.
   Non è vero che non . . . niente da mangiare.
   Non era vero che non . . . niente da mangiare.

D   Sostituire alle parole in corsivo i pronomi oggetto e di termine, facendo i cambiamenti necessari:

Esempio: Il soldato ha dato *la marmellata a Nino*.
Il soldato *gliela* ha dat*a*.

1 Ho raccomandato *quei libri ai vostri fratelli*.
2 Hai spedito ancora *quella lettera a tua sorella*?
3 Il caporale diede *il fucile al suo soldato*.
4 Farai *questo lavoro per noi*?
5 Nino portò *la coperta alle donne*.

E   Usare in frasi complete:

1 rivolgersi a   4 mancare
2 annoiato di   5 mettersi attorno a
3 piuttosto   6 avvertire

F   Da discutere:

1 L'atteggiamento che i soldati che fanno la guardia rivelano verso la guerra.
2 Perché la madre è tanto insistente nel suo desiderio di essere lei stessa a seppellire suo marito?
3 Paragonare il momento in cui il corpo del padre viene portato via a quello della partenza della famiglia nel capitolo VII.

reparto divisione di soldati
scavare formare una cavità, una buca nel terreno
spiazzo spazio ampio e aperto
canna *stalk*
giacere stare disteso (a letto, a terra)
raccolto ordinato e a posto
involto fagotto, pacco
Oh, niente veramente, ho fatto poco; son contento di aver potuto aiutare
con una faccia . . . lavata *with an unwashed, sleepy face*
un po' discosto un po' distante
cassetta contenitore, di solito fatto di legno

1 Il sergente dove accompagnò i Mangano?
2 Che lavoro stavano facendo gli uomini?
3 Perché guardavano specialmente la Rossa?
4 Dove si fermarono i soldati che andavano avanti?
5 Di che cosa era fatta la barella?
6 Perché il sergente posò a terra il grosso involto?
7 Il sergente che cosa domandò all'ufficiale?
8 Com'era l'ufficiale tedesco?
9 Dove si era seduta la madre?

dieci

Il sergente li accompagnò fino ad un posto dove c'era un reparto tedesco. Degli uomini che stavano lavorando a scavare trincee si fermarono per guardare quella gente. La luce del giorno era già abbastanza chiara, ed essi guardavano specialmente la Rossa che era giovane e bella.

I soldati che andavano avanti si fermarono in uno spiazzo e deposero a terra la barella. Era una barella fatta con rami e canne verdi di granturco, e sopra giaceva il vecchio raccolto nella coperta.

Anche il sergente posò a terra il grosso involto. — Ecco, — disse. — Io non posso venire piú avanti.

— Non potete venire fino a Castelmonte? — domandò la Rossa. — È qui vicino, un quarto d'ora di strada.

— Non posso, — disse il sergente. — Devo rientrare al mio reparto.

— Bene, non importa, — disse la Rossa. — Non so che cosa avremmo fatto senza di voi.

— Oh, niente, — disse il sergente. — Qui ci dev'essere un ufficiale. Gli domanderò se vi dà qualche uomo.

L'ufficiale venne quasi subito. Era giovane e biondo, con una faccia da sonno non lavata, ma vestito bene. Parlarono piuttosto a lungo, lui e il sergente, e volle vedere il morto, prima di tutto.

Le due donne aspettavano un po' discoste. La madre aveva trovato una cassetta su cui sedersi, e se ne stava lí ferma, col viso nascosto dal grande fazzoletto nero. Il piccolo Filippo,

di quanto di quello che, di ciò che
fare un inchino volgere in basso la testa o la persona in segno di riverenza
Forse... uomo forse vi darà qualche uomo
raccogliersi radunarsi, ammassarsi
intendersi capirsi l'un l'altro
eccettuati eccetto, con l'eccezione di
vallata valle

1 Perché la madre non rispondeva alle domande del piccolo Filippo?
2 L'ufficiale che cosa disse in tedesco alla Rossa?
3 Perché era meglio che la Rossa andasse a prendere il caffè con l'ufficiale?
4 Bisognava andar lontano per il caffè?
5 Cosa fecero i soldati che erano usciti dalle buche?
6 Come riuscivano a comunicare con Nino?
7 Nino che cosa indicò ai soldati?

appoggiato contro le sue ginocchia, guardava
tutto e continuamente faceva delle domande.
Ma la madre non gli rispondeva. Era come se
nulla la interessasse di quanto avveniva intorno, e se ne stava semplicemente seduta, col
viso coperto dal fazzoletto nero.

L'ufficiale venne verso di loro, dopo che ebbe
visto il morto. Salutò militarmente la Rossa,
facendo anche un inchino, e disse qualche parola in tedesco. La Rossa si guardò intorno
confusa.

— Dice se volete andare a prendere il caffè,
— disse il sergente.

— Ma non ha detto niente del morto? — domandò la Rossa. — Non ci dà qualche uomo
per portarlo?

— Non ha detto niente di questo, — disse
il sergente. — Forse non ha ancora deciso.
Adesso vuole che andiate a prendere il caffè.

— Allora lo porteremo noi, in qualche modo,
— disse la Rossa.

— Forse ve lo darà, qualche uomo, — disse
il sergente. — Intanto è meglio che andiate a
prendere il caffè.

— Bisogna andar lontano? — domandò la
Rossa.

— No, — disse il sergente. — Sarà in una
di queste buche.

Molti soldati vennero fuori dalle buche, appena l'ufficiale se ne fu andato, e si raccolsero
in due gruppi, attorno al morto e attorno al ragazzo Nino che badava alle bestie. Di quando in
quando qualcuno sollevava la coperta per far
vedere agli altri il vecchio morto che era saltato sulle mine. E col ragazzo Nino parlavano
e riuscivano anche ad intendersi un poco, aiu-
tandosi coi segni. Anche quei soldati erano dei
ragazzi, eccettuati pochi che invece erano quasi vecchi.

Appoggiato al bastone, il ragazzo indicava
lontano, nella vallata appena rischiarata dal-
l'alba, il posto dove doveva essere la sua casa,
e piú vicino il posto dove suo padre era saltato sulle mine. E spiegava ai soldati tedeschi

ammaccato deformato

punto luogo, posto

etichetta cartellino applicato sopra bottiglie o scatole per indicarne il prezzo o il contenuto

zaino sacco a spalla (che portano i soldati)

cassa recipiente di varie materie, spesso usato per il trasporto di merce

sedile sedia o altra cosa su cui si può sedere

divisa uniforme o abito militare, scolastico, ecc.

trattare *Es.* A volte i bianchi trattavano male gli indiani del Nord America, come se non fossero stati esseri umani.

dopo quanto dopo tutto quello che

frattanto nel medesimo tempo

sporco non pulito

chino curvo, piegato in giù

1 Che cosa portarono i soldati a Nino?
2 Dov'era l'ufficiale tedesco con le donne e il bambino?
3 Di che cosa era curioso il bambino?
4 L'ufficiale tedesco come trattava la Rossa?
5 Perché lei si sentiva salire il sangue al viso?
6 Cosa non sembrava giusto alla Rossa?
7 Cosa cercava di nascondere?

che la vacca si chiamava Gilda, e i buoi l'uno
Savio e l'altro Giove. E i soldati tedeschi ascol-
tavano seri, e guardavano le cose indicate dal
ragazzo e qualcuno ripeteva i nomi, Gilda Savio Giove. Poi uno portò una tazza d'alluminio
con del caffè, e un altro portò una scatola di
marmellata. Era una vecchia scatola ammac-
cata in diversi punti e senza piú etichetta, por-
tata chi sa da dove dentro lo zaino. E il soldato era uno di quelli quasi vecchi, uno che
avrebbe potuto benissimo avere a casa un ragazzo come Nino.

E intanto nella buca vicina, dove c'erano
alcune casse per sedili e una cassa per tavolo,
stava l'ufficiale tedesco con la madre e la Rossa e il piccolo Filippo.

Il bambino non aveva molta paura, ma era
curioso di sapere chi fosse quell'uomo con
la divisa grigia, che diceva parole che egli non
capiva. — Chi è, nonna? chi è? — domandava.

— Lascia stare la nonna, Filippo, — disse la
Rossa.

Allora il bambino cambiò posto, passò ad ap-
poggiarsi contro le ginocchia della sua madre e
riprese a guardare l'ufficiale tedesco. — Chi è,
mamma? — domandò.

— Stai buono, Filippo, — disse la Rossa. —
È un ufficiale tedesco.

— È cattivo? — domandò il bambino dopo
un poco.

— No, è buono, — disse la Rossa.

Quel giovane ufficiale trattava la Rossa come se fosse stata una signora, con inchini e
sorrisi, e la guardava in un modo che lei si
sentiva salire il sangue al viso per la vergogna.
Avrebbe voluto trovarsi fuori da quella buca.
Non le pareva giusto che un uomo potesse pensare a certe cose, dopo quanto era capitato a
loro. E frattanto stringeva nervosamente le
spalle del piccolo figlio e cercava di nascondere
dietro di lui le scarpe sporche e le gambe
nude. In presenza dello straniero la madre stava con la testa china e il fazzoletto tirato basso
sugli occhi. Non potevano dirsi niente.

All'apparire dell'ufficiale   quando apparve l'ufficiale
disperdersi   dividersi, andare in varie direzioni
camminamento   *communication trench*
impugnatura   parte di un oggetto che si tiene stretta nella mano
attrezzi   strumenti, arnesi necessari ad un certo lavoro
pensosamente   come assorto in pensieri
spuntare   apparire all'improvviso
gli fecero . . . saluto   lo salutarono con dei gesti
salita   strada per cui si va in su
sudato   *sweaty*
giorno fatto   pieno giorno

1   Cosa portarono al bambino?
2   Perché la Rossa si sentì meglio?
3   All'apparire dell'ufficiale dove si dispersero gli uomini?
4   Con cosa era stata cambiata la barella?
5   Chi cercò in giro la Rossa?
6   Che cosa raccolse da terra Nino?
7   I soldati dove deposero la barella?

Poi arrivò un soldato portando tre tazze di caffè e una tazza di latte per il bambino. E la Rossa sorrise all'ufficiale e si sentí meglio, poiché egli aveva pensato anche al latte per il suo bambino.

Quando uscirono dalla buca il giorno s'era fatto chiaro. All'apparire dell'ufficiale, alcuni uomini che stavano ancora riuniti attorno al ragazzo Nino, si dispersero per i camminamenti e le buche. Restarono solo quattro soldati ciascuno al suo posto vicino alle impugnature della barella, e uno dietro, con gli attrezzi per scavare la buca. La barella che i soldati avevano costruito con rami e canne di granturco era stata cambiata con una barella di tipo militare, su cui avevano caricato anche il fardello della Rossa.

La Rossa cercò in giro il sergente che sapeva il tedesco, ma il sergente non c'era, là intorno. Allora essa s'inchinò di fronte all'ufficiale, ma senza guardarlo in viso. I quattro soldati sollevarono la barella e s'avviarono verso la strada. L'ufficiale restò ad osservare pensosamente le gambe della Rossa che camminava. Ma era triste, pensava certo ad altre cose. Il ragazzo Nino raccolse da terra due galline dimenticate e col bastone fece muovere le bestie in direzione della strada. Due o tre soldati, spuntando con la testa fuori dai camminamenti, gli fecero dei gesti di saluto.

I soldati faticarono molto a portare il morto su per la salita, ed erano tutti sudati quando deposero la barella a terra, davanti alla piccola chiesa. Il ragazzo Nino era rimasto un poco indietro con le bestie.

— Madre? — chiamò la Rossa.

— Dimmi, — rispose la madre.

— Dove vuoi che lo mettiamo, madre?

La madre alzò il fazzoletto dagli occhi per guardare in giro. Le poche case intorno alla chiesa erano chiuse, e anche la chiesa era chiusa, benché ormai fosse giorno fatto e il sole stesse per sorpassare la linea dei monti. Pareva che nessuno si fosse ancora svegliato in quel paese.

graduato soldato con un grado
sul fianco di accanto a, vicino a
A tratti a intervalli
posare mettere giù
Ci sarà da aspettare bisognerà, dovremo aspettare
le spinse le = alla madre
Abbiamo fatto presto siamo arrivate in poco tempo

1 La madre dove voleva portare il morto?
2 Dove decisero di seppellirlo?
3 Perché era un posto che sarebbe piaciuto al vecchio Filippo?
4 I soldati tedeschi dove cominciarono a scavare la buca?
5 Cosa facevano le donne mentre aspettavano che i soldati finissero?
6 Chi si vedeva salire lungo la strada?

— Bisognerebbe portarlo al cimitero, — disse la madre.

Il cimitero tuttavia era lontano, quasi due chilometri ancora, perché serviva anche per un paese vicino.

— Avevamo detto a Castelmonte, madre, — disse la Rossa. — Adesso non so se questi soldati vorranno venire ancora avanti.

Il graduato tedesco stava là vicino aspettando che decidessero cosa fare.

— Guarda, — disse la Rossa. — Io credo che starà bene sul fianco della chiesa. È un bel posto.

— Fai come vuoi tu, Rossa, — disse la madre.

— È un bel posto, — disse ancora la Rossa. — Di là si vede la nostra casa.

— Sí, — disse la madre. — Sarà contento se si può vedere la sua casa.

Andarono insieme al tedesco sul fianco della chiesa, dalla parte di mezzogiorno. Là il terreno cominciava subito a scendere nella valle.

— Ecco, — disse la Rossa. — Qui mi pare che vada proprio bene.

La madre non rispose. A tratti essa si perdeva in qualche suo pensiero, ed era come se non ci fosse nessuno intorno a lei.

La Rossa allora indicò il posto al graduato tedesco, e il graduato fece venire avanti i soldati con la barella. Posarono a terra il morto, e cominciarono a scavar la buca un po' discosto dal muro della chiesa.

— Qua potremo venirlo a trovare quando vorremo, — disse la Rossa. — Vieni, madre, mettiamoci a sedere. Ci sarà da aspettare un poco.

Si sedettero qualche passo lontano, guardando nella valle. La madre era tuttavia troppo pensierosa, e la Rossa le spinse il piccolo Filippo tra le braccia. Lungo la strada si vedeva salire il ragazzo Nino, senza molta fretta. Camminava lentamente dietro alle bestie che camminavano pigre. Nella valle sparavano.

— Ecco Nino, — disse la Rossa. — Abbiamo fatto presto.

164

ripiegare piegare più volte
voltare girare
prete sacerdote cattolico, membro del clero
Vuoi mi vuoi dire
scappare andare via in fretta, fuggire
sagrato spazio dinanzi alla chiesa
presso vicino a
sarebbe bastata sarebbe stata sufficiente, adeguata
li tenne fissi lo guardò bene negli occhi

1 Chi andò a cercare la Rossa?
2 Che cosa facevano i soldati tedeschi?
3 Perché era piena di rumori la valle?
4 Nino che cosa posò a terra accanto alla madre?

La madre allora alzò il fazzoletto dagli occhi, ripiegandolo sopra la testa. Guardò per qualche tempo il figlio Nino che saliva sulla strada dietro alle bestie. Voltato dall'altra parte, il piccolo Filippo osservava i soldati che lavoravano a scavare la terra.

— Dovresti andare a vedere se c'è il prete, Rossa, — disse la madre.

— Le case erano tutte chiuse, — disse la Rossa. — Forse non c'è il prete.

— Vuoi che sia scappato? — disse la madre. — Vai a vedere, Rossa, per piacere.

La Rossa si alzò e si allontanò lungo il muro della chiesa, verso il sagrato.

— Cosa fanno, nonna? — domandò il bambino.

La madre girò la testa per guardare i soldati tedeschi che lavoravano presso la barella. Scavavano una buca tanto piccola che sarebbe bastata per un bambino. — Scavano la fossa per il nonno, — disse.

— Lo mettono sottoterra? — domandò il bambino.

— Sí, — rispose la madre.

— Perché è morto, lo mettono sottoterra? — domandò il bambino.

— Sí, — rispose la madre.

La valle era piena di rumori, perché c'era la guerra, nella valle. Rumori cosí, bum bum ta-pum, come aveva detto il nonno. — È morto perché c'è la guerra, il nonno? — domandò il bambino.

— Non so, — rispose la madre.

D'improvviso si sentí vicina la voce di Nino che gridava alle bestie. Allora il bambino si voltò da quella parte per vedere cosa facesse lo zio.

Il ragazzo spinse le bestie fuori dalla strada, poi venne verso di loro e teneva in mano le due galline. Le posò a terra, accanto alla madre. — Avevate dimenticato le galline, — disse.

La madre alzò su di lui gli occhi e li tenne fissi. Solo dopo un poco disse: — Hai fatto

aver voglia   volere, desiderare
striscia   una banda lunga ma non larga
addolorarsi   affliggersi, provare dolore
Forse... lui   forse al vecchio non importa tanto

1 Che cosa si sentiva mentre la madre parlava a Nino?
2 Che cosa non piaceva a Nino?
3 Dove andò Nino con il piccolo Filippo?
4 Che cosa vedevano alzarsi qua e là, anche dove non c'erano strade?
5 Che cosa pareva brutto alla madre?
6 Perché la madre ebbe sul viso una contrazione dolorosa?

bene a portarle, Nino —. Ma si sentiva che
pensava ad altre cose.

E al ragazzo non piaceva quello sguardo
intenso della madre fissato su di lui. Si girò
intorno. — Dov'è la Rossa? — domandò.

— Viene subito, — disse la madre. — È andata a cercare il prete. Siediti qui, intanto,
Nino.

Ma il ragazzo non aveva voglia di sedersi
accanto alla madre. — Vado a vedere i soldati, — disse. Il bambino gli dondolò dietro, ed
egli lo prese per mano e lo condusse con sé.
Sola, la madre guardava nella valle con una
espressione pensosa. Il sole superò la cresta
dei monti e la sua luce scese sui campi lontani, e i campi apparvero nuovamente di diverso colore. Qua e là, nella parte oltre il fiume, si vedevano alzarsi strisce di polvere, anche dove non c'erano strade.

La Rossa tornò senza il prete. — Non c'è il
prete, — essa disse. — Non c'è piú nessuno.

— Anche il prete è andato via? — disse la
madre. — Mi pare che un prete non dovrebbe
lasciare la sua chiesa.

— Sono andati via tutti, — disse la Rossa.

— Mi pare brutto seppellirlo cosí senza un
prete, — disse la madre.

La Rossa si sedette al posto dov'era stata
seduta prima. — Non addolorarti per il prete, — disse. — Forse non ci bada molto, lui.

La madre ebbe sul viso una contrazione dolorosa. — Non devi pensar male di lui, Rossa, — disse. — Non era un uomo cattivo. Tu
l'hai conosciuto adesso che era vecchio e brontolava sempre. Ma non era un uomo cattivo.

— Forse è cosí come tu dici, madre, — disse
la Rossa.

La madre alzò la testa per studiare la Rossa
nel viso. — Non vorrei che tu pensassi male
di lui, Rossa, — disse.

— Come vuoi che pensi male di lui adesso
che è morto? — disse la Rossa.

La madre sospirò e stette un poco in silenzio, a pensare. Poi disse: — Tu l'hai conosciuto

168

1   Perché il vecchio ce l'aveva sempre con la Rossa?
2   Che cosa aveva reso il vecchio Filippo un brontolone?
3   Quando si era perso del tutto?
4   Che tipo di uomo era Filippo Mangano da giovane?
5   Perché la madre si sforzava di andare avanti?

tardi, Rossa, e forse in questi ultimi tempi non era piú come prima. Beveva e brontolava e ce l'aveva su con te per il tuo modo di fare. In principio lui non voleva che Giacomo ti sposasse, lo sai.

— Lo so, — disse la Rossa.

— Sí, — disse la madre. — Qualche volta era ingiusto con te, e con tutti. Ma non era lui per sua natura. Le cose l'avevano fatto diventare cosí. Aveva avúto molti patimenti nell'altra guerra. Io non so perché ogni tanto devono venire di queste guerre che rovinano gli uomini. Anche quelli che non muoiono restano rovinati, dopo.

La Rossa non parlò nella pausa.

— Ma non era cattivo, sai, — disse la madre. — Bastava saperlo prendere. Solo in questi ultimi tempi era un po' cambiato perché si era fatto vecchio, e poi è capitato anche che Giacomo è andato a finire in Germania, e allora si è perso del tutto. Non diceva niente, ma ci pensava di continuo. Io lo so che ci pensava sempre.

— Sí, madre, — disse la Rossa.

Ancora passò qualche tempo durante il quale la madre stette a pensare. Poi disse: — Quando ci siamo conosciuti era come Giacomo, proprio come Giacomo quando l'hai sposato tu. Solo un po' strambo, era, ma lavorava bene. Ha sempre lavorato nella sua vita.

— Sí, — disse la Rossa.

— Ma non avrebbe dovuto morire in questo modo, — disse la madre. — Siamo stati tanti anni insieme, e non avrebbe dovuto morire proprio adesso. Io mi sento che non ho piú niente dentro, adesso.

— Bisogna farsi coraggio, madre, — disse la Rossa. — Bisogna farsi forza, in principio. Dopo andrà meglio.

— Sí, — disse la madre. — È per gli altri che bisogna andare avanti. Ma per me non c'è piú niente a questo mondo.

Il sole saliva dietro i monti. La sua luce occupava una parte sempre piú larga della val-

sibilo suono, fischio acuto, sottile e continuo

sosta pausa

toccava loro era il loro turno

quelli che siamo rimasti quelli di noi che siamo rimasti

Noi lo prendiamo noi lo raggiungeremo

svelto veloce

segno segnale, indicazione (della direzione, della strada giusta)

come sopra pensiero come se fosse assorto nei propri pensieri, pensieroso

si diresse *passato remoto di* "dirigersi": andare verso un luogo determinato

strisciare *Es.* A volte sembra che i ragazzi non possano camminare senza strisciare i piedi.

1 Nei momenti di sosta che cosa guardavano i soldati?
2 Perché la madre non voleva mandar avanti suo figlio?
3 Fin dove doveva andare Nino per la strada?
4 Perché non si mosse subito?
5 Nino in che maniera seguiva la madre verso la barella?

lata, e la polvere e il fumo e i rumori aumentavano sempre. Qualche colpo arrivava anche di qua dal fiume, e si sentiva il sibilo in mezzo al rumore. Nei momenti di sosta i soldati guardavano da quella parte, ma poi lavoravano piú in fretta, quando toccava loro di lavorare.

— Sarebbe meglio che mandassimo avanti Nino con le bestie, — disse la Rossa. — Noi faremo piú presto, dopo.

— Perché vuoi mandarlo avanti? — disse la madre. — Io voglio che stiamo tutti insieme, quelli che siamo rimasti.

— È per far piú presto, madre, — disse la Rossa. — Noi lo prendiamo subito, camminando senza le bestie.

— Sí, sí, — disse la madre. — Fai come vuoi tu, Rossa.

La Rossa chiamò Nino, ed il ragazzo venne da loro tenendo per mano il piccolo Filippo.

— Dovresti andare ancora avanti, Nino, — disse la Rossa. — Noi dopo cammineremo piú svelte, senza le bestie.

— Va bene, — disse il ragazzo.

— Vai avanti per la strada, fino a dove si volta per Pietravalle, — disse la Rossa. — Ci sarà qualche segno, oppure domanda a qualcuno.

— Va bene, — disse il ragazzo, e tuttavia non si mosse subito. Stava a guardare come sopra pensiero la barella, dove c'era il morto raccolto nella coperta scura.

— Vuoi vederlo, Nino? — disse allora la madre.

Il ragazzo rispose esitando. — Sí, — disse. Ma non era precisamente ciò che lui voleva. Forse non voleva niente in particolare.

La madre si alzò e si diresse verso la barella. Il ragazzo la seguiva strisciando un poco i piedi.

— Vieni qui, Filippo, — chiamò la Rossa. — Resta con la tua mamma.

Il bambino si fermò e tornò indietro malvolentieri.

La madre si mise in ginocchio per toccare il

spostare   rimuovere (un oggetto) dal suo posto
di quel tanto   di quel poco
con le vene fortemente rilevate   *with protruding veins*
irrigidito   diventato rigido
a forza di   per mezzo di
svolgere   rimuovere
badile   strumento per scavare la terra
palata di terra   quantità di terra che si scava con un badile o con una pala
colmare   riempire
trasse   *passato remoto di* "trarre": tirar fuori

1   Cosa fece la madre prima di spostare la coperta?
2   Come era morto il vecchio Filippo?
3   Cosa sentiva Nino mentre guardava il morto?
4   Come erano le mani della madre?
5   Cosa cercò di fare la madre con le mani?
6   Dove corse il ragazzo Nino?
7   Dove rimase fisso lo sguardo del piccolo Filippo?
8   Che cosa raccolse la madre?   Per quale ragione?
9   La Rossa che cosa diede ai soldati tedeschi?

morto. Toccò piú volte prima di spostare la coperta, e poi la spostò solo di quel tanto che bastava a far apparire la testa del vecchio. Era morto male, e i lineamenti erano rimasti contratti. E il ragazzo sentiva qualcosa che non andava nello stomaco, mentre guardava, e doveva sforzarsi per tenere gli occhi fermi sulla testa del morto. La pelle sul viso e sul cranio era gialla, e la barba lunga. E poi vide la mano della madre, una mano deformata dalle fatiche con le vene fortemente rilevate, che toccò quel viso con un movimento di carezza e poi cercò piú volte di chiudere la bocca irrigidita, e la bocca sempre si riapriva. Vi erano ancora segni di sangue sulla mano della madre. Allora il ragazzo strinse i denti e corse via dalle sue bestie e a forza di colpi le spinse avanti sulla strada. E appena voltato l'angolo, dove nessuno lo poteva vedere, si appoggiò al muretto della chiesa e vomitò amaro.

La madre rimase in ginocchio. Non cercò piú di chiudere la bocca del morto, ma gli ricoprí la testa con la coperta. E accanto a lei venne ad inginocchiarsi la Rossa, tenendo stretto a sé il suo piccolo figlio. Lo sguardo del bambino andò curiosamente al viso della nonna, quindi alla coperta scura sotto la quale c'era il nonno morto, quindi ai soldati che scavavano la terra là vicino. Per tutto il tempo poi lo sguardo del bambino rimase fisso sui soldati che scavavano la terra.

Quando ebbero finito di scavare, essi vennero a prendere la barella per portarla alla fossa. In quattro calarono il morto dentro, senza svolgerlo dalla coperta. La madre allora raccolse un badile e gettò qualche palata di terra sulla fossa. Passò quindi il badile alla Rossa, che gettò egualmente qualche palata di terra. Poi i soldati colmarono la fossa in pochi minuti.

Allora la Rossa andò a prendere le due galline per darle ai soldati. Ma il graduato non voleva accettare, e la Rossa insisteva. Infine il tedesco trasse di tasca un coltello e tagliò

174   **mettersi al passo** cominciare a marciare
versante declivio di un monte; *slope*
accogliere ricevere, raccogliere
di qua da da questa parte
si scosse *passato remoto di* "scuotersi": agitarsi, muoversi bruscamente
smosso lavorato di recente

1   Il graduato che cosa restituì alla Rossa?
2   Appena arrivati sulla strada cosa fecero i soldati?
3   Com'era la tomba del vecchio Filippo?
4   Cosa vedeva la madre nella valle?
5   Perché la Rossa non voleva guardare le tre colonne di fumo?

lo spago che teneva legate insieme le zampe
delle due galline, e una la tenne per sé e l'altra la restituí alla Rossa. Quindi sorrise in segno di saluto e disse qualcosa al piccolo Filippo, e subito essi se ne andarono, il graduato
in testa con la gallina in mano, e gli altri dietro in fila portando sulle spalle gli attrezzi e
la barella. Appena sulla strada si misero al
passo.

La Rossa tornò ad inginocchiarsi accanto alla madre. Il sole era ormai sceso fino in fondo
alla valle dove scorreva il fiume, lasciando in
ombra solo il versante dei monti dove loro due
stavano col bambino. E sparavano, in fondo
alla valle. Sparavano sempre di piú, e i monti
accoglievano i rumori e li facevano durare pau-
rosamente, e quando i colpi cadevano di qua
dall'acqua si sentiva anche il sibilo dei pro-
iettili.

— Madre? — chiamò la Rossa. — Madre. —
Aveva un'improvvisa fretta di partire.

— Dimmi, — disse la madre senza aprire gli
occhi.

— Bisogna andar via, madre, — disse la
Rossa. — Bisogna andar via presto.

— Sí, — disse la madre.

Dopo un poco si scosse e aprí gli occhi.

— Andiamo, madre, andiamo, — diceva la
Rossa, e voleva portarla via.

Ma la madre rimase in ginocchio. Guardò la
tomba che era soltanto un mucchio di terra
smossa, cosí piccolo che avrebbe potuto nascondere i resti di un bambino. Poi guardò
sotto al fiume, poi piú lontano, fino ai colli che
chiudevano dolcemente la valle dall'altra parte. Là vi era fumo e polvere in vari posti, e
molto verde di alberi, e i campi divisi in forme geometriche, di differente colore. Guardò
tutto, la madre, con lentezza e attenzione. Poi
disse: — Guarda, Rossa, quelle tre colonne di
fumo là in fondo.

La Rossa teneva gli occhi a terra, e non voleva guardare.

— Guarda, Rossa, quella di mezzo, — disse
la madre.

1   Perché la madre era finalmente disposta ad andar via?

Neanche ora la Rossa alzò gli occhi.

— Dev'essere la nostra casa che brucia, non è vero, Rossa? — disse la madre.

— Sí, — disse la Rossa, senza alzare gli occhi.

La madre tornò con lo sguardo sulla tomba fresca. — Bene, — disse alzandosi. — Possiamo andare, adesso.

ESERCIZI

A   Completare con la preposizione appropriata:

1 Cercò più volte . . . chiudere la porta.
2 I soldati faticarono molto . . . portare il morto su per la salita.
3 Era curioso . . . sapere chi fosse quell'uomo.
4 Tutti se ne andarono . . . fila.
5 Il sergente posò . . . terra il grosso involto.
6 Mi sono nascosto dietro . . . lui.
7 Entrarono nella chiesa e si misero . . . ginocchio a pregare.
8 L'ufficiale voleva che la Rossa andasse . . . prendere il caffè.
9 Il ragazzo non aveva voglia . . . sedersi accanto alla madre.
10 Voleva tanto uscire . . . quella buca.

B   Sostituire alle parole in corsivo la forma appropriata
dell'imperativo:
Esempio: Maria, *ti prego di venire* qua.
　　　　　Maria, *vieni* qua.

1 Ragazzi, *vi supplico di lasciar stare* quella povera bestia!
2 Giorgio, *mi vuoi spiegare* il tuo comportamento di ieri!
3 Signora, *La prego di spedire* quel pacco oggi.
4 Signori, *siano tanto gentili da dirmi* quello che è successo.
5 Gianni, *ti chiedo di rispondere* alla domanda.

C   Sostituire alle parole in corsivo il pronome oggetto. I verbi
sono nell'imperativo.
Esempi: Giorgio, porta *l'ombrello* a tua madre.
　　　　　Giorgio, *portalo* a tua madre.

　　　　　Signora Grandi, prepari *la cena.*
　　　　　Signora Grandi, *la* prepari.

1 Maria, metti *questi libri* sullo scaffale.
2 Signore, accompagni *Maria* a casa, per cortesia.
3 Ragazzi, spiegate *il racconto* alla maestra.
4 Facciamo *questo lavoro* adesso.
5 Date *il loro indirizzo* a Franco.

D   Sostituire alle parole in corsivo i pronomi oggetto e di termine.
I verbi sono nell'imperativo.
Esempio: Dia *a me quei cappelli.*
　　　　　Me li dia.

1 Gianni, porta *questo pacco a Mario.*
2 Non dire *queste cose ai tuoi genitori.*
3 Facciamo *questo favore per quella vecchia.*
4 Bambini, date *i cestini alla maestra.*
5 Signora, faccia vedere *a me quel vestito.*

E   Usare in frasi complete:

1 divisa
2 scavare
3 spuntare

4 fare presto
5 spostare
6 posare

F   Da discutere:

1 Quali sono gli elementi di questo capitolo che mettono in rilievo
  la guerra come una forza che gli uomini non capiscono ma che
  crea fra loro un sentimento di solidarietà?
2 Credete che il bambino Filippo abbia una funzione significativa
  nel commentario dell'autore?
3 Pensate che la morte del vecchio sia stata un momento importante nella maturazione di Nino? Spiegare.

polveroso   pieno o coperto di polvere. *Es.* D'estate, quando non piove, le
  strade di campagna diventano polverose.

che era loro rimasta   che rimaneva loro, che possedevano ancora

rassegnato   che accetta l'inevitabile

trascinare   tirare una cosa, facendola strisciare per terra

fece un buon tratto di strada   andò avanti un buon pezzo di strada

pesare   *opposto di* "essere leggero"

1   Com'era la strada che andava oltre Castelmonte?
2   Che cosa portava la Rossa?
3   Che cosa teneva con le mani la madre?
4   Perché il bambino non aveva più tanta curiosità?
5   Che cosa seguiva le due donne?
6   Come erano le poche case che si vedevano?
7   Com'era stata la notte per la madre? Perché?
8   Che cosa non capiva la madre?
9   Perché era meglio che il vecchio fosse morto?

uNdici

Esse andavano oltre Castelmonte, sulla strada bianca e polverosa, non molto larga. La Rossa camminava curva sotto il fardello che conteneva la roba, tutta la roba che era loro rimasta. Con una mano la madre teneva per le zampe una gallina viva e rassegnata, e con l'altra mano teneva il piccolo Filippo. Il bambino non aveva piú tanta curiosità per le cose, adesso. Era stanco e pieno di sonno, spesso si faceva quasi trascinare. Allora la madre se lo prese in braccio, e poco dopo egli si addormentò sulla sua spalla.

Le seguiva il rumore della guerra, tuttavia piú lontano, e per la strada non c'era nessuno. Anche le poche case che si vedevano erano chiuse.

— Sai, Rossa, — disse ad un tratto la madre.
— Cosa? — domandò la Rossa.

La madre fece un buon tratto di strada, prima di parlare ancora. — Adesso te lo dico, — disse. — Ci ho pensato tutta la notte. È stata una notte cosí lunga, piú di tanti anni messi insieme. Io non capisco perché debbano succedere queste cose, che per tanti anni tutto va abbastanza bene, e si è anche contenti, e dopo in una notte sola si perde tutto. Non dovrebbe succedere questo, Rossa.

La Rossa non disse niente. Cominciava a far caldo, e la roba pesava sulle sue spalle.

— Adesso penso che forse è meglio che sia morto, — disse la madre. — Lui non sa che la sua casa è bruciata. Non ha neanche capito perché la Effa è andata via. Se fosse stato ancora vivo glielo avremmo dovuto dire in qual-

patire tollerare
come se non fosse stata. . . carne *as if she were not made of the same stuff as we*
ammalarsi diventar malato
consolare dare conforto
siamo diversi con lui ci comportiamo in un modo diverso
andarsene andare via; *qui significa* "morire"
si dovrebbe dovremmo essere
pena dolore, angoscia

1 Di che cosa era convinto il vecchio Filippo?
2 Che cosa dispiaceva alla madre?
3 La madre perché parlava con difficoltà?
4 Quali sono le cose che si dovrebbero sapere?
5 Secondo la madre perché non siamo buoni come dovremmo essere?
6 Che cosa avrà pensato la Effa?

che modo, e lui non lo avrebbe patito. Son sicura che non lo avrebbe patito. Era convinto che la Effa fosse meglio di noi

— Era una buona ragazza, madre, — **disse** la Rossa.

— No, non è solo questo, — disse la madre. — Lui pensava che fosse differente da noi, come se non fosse stata della nostra carne, ma di un'altra qualità, meglio della nostra. Questo pensava, lo capivo bene. Cosí è meglio che sia morto, non ha capito niente, e non ha visto la casa bruciare. Solo mi dispiace che sia morto in quel modo.

La madre parlava con difficoltà perché erano pensieri difficili quelli che aveva in mente. Ma doveva dirli alla Rossa, ormai, doveva farglieli capire. — Non è un buon modo di morire, quello, — disse. — Perché se uno si ammala e muore nel suo letto, allora gli stiamo tutti intorno a consolarlo, e siamo diversi con lui. Invece cosí uno se ne va tutto in un momento, e prima non se ne sa niente, non si capisce niente. Magari gli abbiamo appena detto una cosa cattiva, o lo abbiamo fatto patire, o lo abbiamo trattato proprio come sempre, e invece lui muore. E dopo noi non possiamo piú essere contenti. Pensando a lui, ci ricordiamo sempre di quello che abbiamo fatto prima che morisse, quando non si sapeva.

La Rossa ascoltava e taceva, camminando.

Cosí la madre disse ancora: — Sono cose che si dovrebbero sapere, in un modo o nell'altro, Rossa. Forse si riuscirebbe ad essere tutti piú buoni, in questo mondo.

— Ma non siamo cattivi, madre, — disse la Rossa.

— Forse non siamo cattivi, — disse la madre. — Ma non siamo neanche buoni come si dovrebbe. Bisognerebbe capire di piú, Rossa. Anche quando la Effa piangeva in quel modo ieri sera, io non ho capito che lei aveva quella pena dentro. Pensavo ad altre cose e non ho capito. E lei è andata via senza dirmi niente, e penserà di sicuro che sono cattiva, che non le avrei perdonato.

184 **rotto** consunto e non più utile
intanto allo stesso tempo
aveva . . . testa pensava ad altre cose
io non potevo . . . lei io non ero capace di seguire i suoi pensieri
bisognava . . . dietro la nostra ignoranza c'impediva di capirla
scosse *passato remoto di* "scuotere": muovere bruscamente
ostinazione rigidezza e persistenza
zappare lavorare la terra, scavare
che ti porta via . . . sola che in una sola notte ti ruba
si resta là che che = *congiunzione:* e

1 La Effa in che modo era differente dagli altri?
2 Che cosa non si immaginavano il giorno prima mentre erano nel campo?
3 Perché la madre non avrebbe potuto tornare a zappare la terra o stare attenta alle galline?
4 Perché sembrava alla madre che tutto fosse inutile?

— Non credo che pensasse proprio a questo, madre, — disse la Rossa.

— Non si sa quello che pensava, Rossa, — disse la madre. — Era davvero differente da tutti noi. Parlava cosí poco, e diceva magari delle cose che diciamo anche noi, che bisognava dar da mangiare al pollame o che Filippo aveva le scarpe rotte. Questo diceva, ma intanto si capiva che aveva un'altra cosa per la testa e io non potevo arrivare dove arrivava lei. Forse bisognava aver studiato per tenerle dietro.

— Ma no, madre, — disse la Rossa. — Non devi metterti in mente delle cose sbagliate.

La madre scosse la testa con ostinazione. — Credimi, Rossa, — disse. — È cosí come ti dico io. Anche ieri nel campo dei piselli. — Andò un poco avanti seguendo un suo pensiero, e poi disse: — Pensa, Rossa. Ieri eravamo nel campo a cogliere i piselli, io e il vecchio e la Effa, e non si immaginava niente di quello che sarebbe successo. E adesso pare che sia passato tanto tempo e non abbiamo piú niente. Non c'è il vecchio, non c'è la Effa, non c'è la casa. Non abbiamo piú niente, Rossa.

Di nuovo la madre scosse la testa. — No, Rossa, — disse. — Ci ho pensato tutta la notte e ho capito che per me non è possibile. Sono stanca, non ho piú voglia di andare avanti. Non potrei tornare là a zappare la terra o stare attenta alle galline, quando non c'è piú lui, e non c'è Giacomo e non c'è la Effa. E non solo questo, Rossa. Non so come spiegartelo, ma non è solo questo. Mi pare che tutto sia inutile, che tutto quello che possiamo fare noi nel mondo sia inutile. Ti metti in un posto e lavori per tanti anni e poi viene qualcosa che ti porta via in una notte sola tutto quello che hai fatto in tanti anni. E quello che fa pena è che noi non ce lo meritiamo, e non si sa perché vengono queste cose che non sono giuste. E cosí si resta là che non si sa cosa fare, perché non si ha proprio voglia di far piú niente. Io non capisco perché Dio ci abbia fatti in questo modo, che non si vede niente di quello che

186   **disgrazia** avversità, sfortuna
        senza che dipendano da noi benché non siamo noi i responsabili
        castigo punizione
        peccato violazione di una legge etica e morale
        In fin dei conti in conclusione
        tirare avanti vivere
        fare dei figli avere figli
        penare soffrire
        crescere avanzare negli anni, maturarsi
        la strada buona per me la cosa che dovevo fare
        fino a quando ... tornare fino al giorno che potremo tornare

1 Perché faticavano tanto sulla strada?
2 Perché la madre aveva posato il suo fazzoletto sopra il bambino?
3 Che cosa aveva deciso di fare la madre?
4 Che cosa sapeva di sicuro la Rossa?

abbiamo davanti, e dopo dobbiamo patire tutte le disgrazie che capitano senza che dipendano da noi. Dicono che è Dio che ci manda dei castighi per punirci dei nostri peccati, ma non è giusto. In fin dei conti, non so quali peccati abbiamo fatto per meritarci tutte queste disgrazie. Abbiamo sempre tirato avanti come si poteva, e per tutta la nostra vita abbiamo lavorato sulla terra, e abbiamo fatto dei figli. È stato proprio Dio a comandarci di lavorare e di fare dei figli. E adesso non c'è piú niente di quello che abbiamo fatto, e della nostra vita. E anche degli innocenti come questo che ho in braccio dovranno penare e crescere senza casa, e magari senza padre, e non è giusto. Per questo non ho piú voglia di andare avanti, Rossa.

La Rossa non disse nulla, e camminarono per un poco in silenzio, faticando sulla strada che andava in salita. Faceva caldo, e la madre s'era tolta il fazzoletto di testa e l'aveva posato sopra il piccolo Filippo, per proteggerlo dal sole e dalle mosche.

— Cosí ho deciso, — disse la madre un poco piú avanti. — Adesso ti spiego quello che ho deciso, ma tu non devi dir niente. Mi hai conosciuto abbastanza in questi anni, e sai che sarebbe inutile dire qualche cosa quando ho deciso. Ci avevo pensato subito, e poi quando è morto il vecchio ho sentito che quella era la strada buona per me. Perché adesso, quando arriveremo da Nino, io vi lascerò, e andrò su nel nord in cerca della Effa. La troverò in un modo o nell'altro, e staremo insieme fino a quando non sarà possibile tornare qua un'altra volta. Hai capito, Rossa?

— Sí, — disse la Rossa.

— Bene, — disse la madre. — Andrò su nel nord e cercherò la Effa. Tu sai qualche cosa di quel sergente, non è vero? Sai di sicuro come si chiama e dove si trova.

— Sí, — disse la Rossa.

— Bene, — disse la madre. — Mi scriverai l'indirizzo su di un pezzo di carta, prima che io vada via. Cosí la troverò e staremo insieme.

188   **fare a metà**   dividere in due parti uguali
tempi duri   giorni difficili
Saprai cavartela   sarai capace di risolvere ogni difficoltà
Ti raccomando di   ti prego di, ti chiedo di

1   Chi aveva bisogno di aiuto più di tutti?
2   La madre che cosa voleva fare con i soldi che aveva con sé?
3   Che cosa aveva sentito dire?
4   Perché poteva fidarsi della Rossa?
5   Perché chiese alla Rossa di stare attenta con Nino?

E poi posso anche scrivere a Giacomo, e lui mi
saprà dire di sicuro dove si trova sua sorella.
Perché lei adesso ha bisogno di aiuto piú di
tutti, e non importa se ha sbagliato. E voi ci
aspetterete qua fino a quando potremo tornare.

— Sí, — disse la Rossa.

Camminarono un altro poco in silenzio, e
poi la madre disse: — Ho dei soldi con me.
Rossa, e faremo a metà. Non sono molti, ma
ti aiuteranno, in principio. Ho paura che in
principio saranno tempi duri anche per te, ma
dopo andrà meglio, vedrai. Si sente dire che
quegli americani daranno da mangiare a tutti,
anche alla povera gente.

— Sí, — disse la Rossa, e ancora camminarono per un lungo tratto senza parlare.

— Rossa, — disse poi la madre. — Vorrei
che tu capissi bene che mi dispiace lasciarvi
in questo modo. Io so che devo andare in cerca di mia figlia, ma mi dispiace, anche. Specialmente adesso che abbiamo perduto la casa
e che non abbiamo piú niente, mi dispiace lasciarvi. Ma sento che ho il dovere di andare,
ci ho pensato tutta la notte.

— Sí, — disse la Rossa.

— Vedrai che non sarà poi tanto brutto come ci si immagina, — disse la madre. — E poi
tu sei forte, Rossa, hai coraggio per queste cose. Saprai cavartela anche con un bambino piccolo e anche cosí disgraziati come siamo, son
sicura. E poi Nino è ormai un uomo. L'abbiamo visto questa notte che è ormai un uomo.

— Sí, — disse la Rossa.

— Ti raccomando di stare attenta con lui,
Rossa, — disse la madre. — Non deve mangiare disordinato, perché è un po' debole di stomaco.

— Sí, — disse la Rossa.

— E ti raccomando di stare attenta anche a
un'altra cosa, soprattutto, — disse la madre.
— Io potrei star lontana molto tempo, degli
anni forse, perché noi non sappiamo come va
avanti questa guerra. E allora tu devi stare at-

che non aveva neanche   quando non aveva ancora

Come....dire   Perché esiti? Non vuoi spiegargli tutto questo per me?

fiducia   fede

stretto   non largo. *Es.* In molte città vecchie le strade sono così strette che quasi non ci passano le automobili.

pascolare   *detto di animali:* mangiare l'erba

siamo...fuori di pericolo   abbiamo superato il momento critico

1   Perché la madre temeva che Nino si sarebbe messo a bere?
2   La Rossa che cosa doveva far capire a Nino?
3   Dove arrivarono le donne?
4   Nino dove si era messo?
5   Che cosa aveva visto sulla strada?
6   Perché credeva che fossero fuori pericolo?

tenta che non cominci a bere. Devi essere come una madre con lui, Rossa, e stare attenta che non si metta a bere, per carità. Suo padre ha cominciato che non aveva neanche quindici anni, proprio alla sua età.

— Sí, — disse la Rossa, e ancora camminarono un poco senza parlare, e pensavano.

— Non gli diremo niente quando arriviamo, — disse la madre. — È meglio se non gli diciamo niente. Lo facciamo andare avanti con le bestie, e dopo tu glielo farai capire, non è vero?

— Oh, madre, — disse la Rossa.

— Come, non glielo vuoi dire, Rossa? — domandò la madre.

— Sí, glielo farò capire, — disse la Rossa.

— Gli dirai tutto quello che ho detto io, — disse la madre. — E anche il motivo perché io devo andar via. Forse lui ha già capito della Effa, o lo sapeva. Gli dirai che deve essere un uomo, adesso, e che io ho fiducia in lui.

— Sí, — disse la Rossa.

Cosí continuarono a camminare, tenendo gli occhi bassi sulla strada bianca e polverosa. Ed infine arrivarono ad un punto da dove si partiva un'altra strada un poco piú stretta di quella per la quale erano venute. Là il ragazzo Nino si era fermato. Si era messo sull'erba all'ombra di un albero, e intorno a lui le tre bestie stavano pascolando.

— Sei arrivato da molto tempo, Nino? — domandò la Rossa.

— Sarà quasi mezz'ora, — disse il ragazzo. — Voi vi siete fermate molto, a Castelmonte. Dobbiamo andare ancora avanti?

— Sí, — disse la Rossa. — Forse troveremo i Ceschina, un poco piú avanti.

— Ci sono dei segni di trattrice anche su questa nuova strada, — disse il ragazzo. — Deve essere proprio la loro trattrice. Ma io credo che qui siamo già fuori di pericolo, sai. Ho visto che c'è della gente in quella casa là sopra.

— Bene, — disse la Rossa. — Andremo solo un poco piú avanti.

stendere   mettere disteso
che ci mettiamo   e ci metteremo
gonfio   pieno
Lui sarebbe andato avanti   lui avrebbe avuto successo
altrove   in altro luogo
che andassero . . . poteva   *that whoever could made his own way in life*
non faceva che rendere   solamente faceva
fitta   sensazione dolorosa acuta

1   Perché stesero sull'erba una coperta?
2   Perché la madre coprì il bambino con il suo grande fazzoletto nero?
3   I tedeschi che cosa avevano dato a Nino?
4   Che cosa aveva dentro la camicia il ragazzo?
5   Di che cosa era orgoglioso Nino?
6   Che cosa rendeva sempre più desolata la vita della madre?
7   Che cosa causava delle fitte al cuore della madre?

— Rossa, — disse la madre. — Stendi una coperta che ci mettiamo sopra Filippo. È meglio che non si svegli.

La Rossa tirò fuori una coperta e la stese sull'erba, e la madre vi depose con precauzione il bambino addormentato. Lo coprí con il suo grande fazzoletto nero, perché in quel posto c'erano delle mosche.

— Avete fame? —. domandò il ragazzo. — Io ho delle caramelle che m'han dato i tedeschi. Ho anche una scatola di marmellata.

— Lascia stare, Nino, — disse la madre. — Mangeremo piú tardi. Io non ho fame, adesso.

Stavano seduti insieme all'ombra dell'albero, e un po' di vento fresco veniva dalle montagne.

— Chi sa che ore saranno, — disse la Rossa.

Il ragazzo Nino cercò con una mano dentro la camicia e tirò fuori la sveglia, sorridendo. Aveva la camicia tutta gonfia per la roba che c'era dentro. — Oh, — disse. — Sono quasi le dieci.

La madre lo guardò con grande apprensione. Egli era lí ancora sorridente, un po' orgoglioso di quelle cose, della roba che gli gonfiava la camicia e di tutto ciò che aveva fatto durante la notte, come un uomo. Lui sarebbe andato avanti in ogni modo nella vita, e già non pensava piú molto al padre che era sotto terra da appena un'ora.

La madre sospirò, mentre portava gli occhi altrove. Era bene che fosse cosí, che andasse pure avanti per la propria strada, chi poteva. E tuttavia questo non faceva che rendere piú desolata, piú sola la vita che ancora restava per lei. E intanto la Rossa stava parlando, e ogni sua parola causava delle fitte nel cuore della madre, anche se il cuore era preparato.

— È meglio che tu parta prima, Nino, — diceva la Rossa. — Noi veniamo tra poco e ti prenderemo per la strada.

Il ragazzo si alzò e si guardò intorno con importanza. — Bene, — disse. — Sono dei bei posti, questi. Io qua non ero mai venuto pri-

rincorrere correre dietro
toccato confuso, pazzo
si fossero messi . . . tranquilli avessero ripreso una vita un po' normale
non le bastasse il fiato respirava con difficoltà
Con sforzo con difficoltà
inghiottire *to swallow*
la mascella indurita *the stiffened jaw*
ingrossato fatto grosso, grande
rappreso coagulato

1 Che cosa fece la madre quando vide Nino andarsene per la strada?
2 Nino come interpretava il silenzio della madre?
3 Che tipo di notte era stata per lui?
4 Perché era tanto difficile parlare senza piangere?

ma, ma sono dei bei posti —. Poi raccolse il suo bastone e cominciò a spingere le bestie verso la strada, incitandole anche con la voce.

E per un poco la madre restò seduta, seguendo con gli occhi ogni suo movimento. Ma come vide che egli se ne andava cosí per la strada, si alzò all'improvviso e lo rincorse. — Nino, — gridò. — Aspetta un momento, Nino.

Il ragazzo si volse e si fermò per aspettarla. Ma poi, quando venne vicina, essa si mise a guardarlo e non disse niente.

— Cosa c'è, madre? — domandò il ragazzo. — Perché gridavi?

— Niente, — disse la madre. — Niente —. E non sapeva che altro dire e abbassò gli occhi per terra.

Il ragazzo la guardava senza capire. Certo, la madre era vecchia, ed era stanca, e forse anche un po' toccata per tutte quelle disgrazie che erano capitate in una notte sola. Lui non l'aveva mai vista comportarsi in quel modo. Ma sarebbe passato, col tempo, appena si fossero messi di nuovo un po' tranquilli. — Vado, madre? — domandò.

— Sí, — disse la madre. — Ma aspetta un momento, un momento solo. — Essa parlava come se avesse corso molto, prima, e adesso non le bastasse il fiato per le parole. — Ti senti bene, Nino, non è vero? non sarai mica troppo stanco, vero?

— No, — disse il ragazzo. — Mi sento bene.

— Non hai dormito tutta la notte, povero figlio, — disse la madre. — Ed è stata una brutta notte. — Con sforzo essa alzò di nuovo gli occhi in viso al figlio. — Sei sempre stato un buon ragazzo, Nino. Non mi hai mai dato nessun dispiacere. — Inghiottiva di continuo e non voleva piangere, ma era tanto difficile parlare senza piangere. Allora alzò solo una mano per accarezzare il viso del figlio, la stessa mano che aveva accarezzato il viso del morto, e aveva cercato di chiudere la mascella indurita. Una mano deformata dalle fatiche, con delle vene ingrossate, e un po' di sangue rappreso nelle

ruga *Es.* I vecchi hanno in genere la faccia coperta di rughe.
irrigidirsi diventare rigido
guancia parte carnosa della faccia
mento parte sporgente della faccia, sotto la bocca
di scatto improvvisamente, con impeto
impiegare metterci
stravolto alterato
piegare incurvarsi

1 Com'era la mano della madre?
2 Perché Nino s'irrigidì quando la madre lo toccò?
3 Perché si voltò e si mise a rincorrere le bestie?
4 Di che cosa si rendeva conto la madre mentre guardava il figlio sparire oltre la curva?
5 Che cosa sarebbe piaciuto alla madre?
6 Perché la Rossa impiegò molto tempo a dividere la roba?

rughe profonde. E il ragazzo Nino chiuse gli
occhi e s'irrigidí tutto nel volto e nella persona
e strinse i denti. Sentí la mano che toccava i
capelli, e poi la guancia e poi il collo sotto il
mento, ed era proprio disgustato. Non sentiva
l'amore che vi era in quella mano, non capiva
perché sua madre facesse quelle cose. E appena la mano si fermò sul collo egli si ritrasse di
scatto e senza guardare la madre si voltò e si
mise a rincorrere le bestie. Le percuoteva e le
incitava quasi con furia, e non si voltò piú
indietro. Mai si voltò indietro, e cosí raggiunse
la curva spingendo innanzi a sé le bestie, e poi
sparí al di là senza piú vedere la madre. Non
sapeva che non l'avrebbe vista quella sera, né
la sera seguente, né per molti altri giorni ancora. Forse mai piú avrebbe trovato la madre.
E andava avanti lo stesso, spingendo con rabbia le bestie, e pensava sempre a quella mano,
ma in ogni caso si sarebbe fatta egualmente
la propria strada nella vita. Questo la madre
lo sapeva, mentre guardava il figlio sparire oltre la curva. E ne era disperata. Benché fosse
una cosa buona, ne era disperata. In un certo
modo le sarebbe piaciuto se egli fosse stato
ancora un piccolo bambino, bisognoso del suo
amore e del suo aiuto. Invece cosí se ne andava
da solo, non aveva bisogno di lei. Tornò stancamente verso l'albero, e mai nella sua vita si
era sentita tanto disperata.

Si sedette sull'erba. E la Rossa si mise a dividere la roba in due mucchi e impiegò molto
tempo a far ciò, ma poi non le restò piú niente
da fare e dovette alzare gli occhi sulla madre.
Vide che aveva ancora i lineamenti stravolti
dalla sofferenza. — Ti senti male, madre? —
domandò.

— Non è niente, Rossa, — disse la madre. —
Passerà subito.

La Rossa aspettò un poco perché passasse,
ma non andava bene. Si sedette sull'erba accanto alla madre. La sentiva tremare convulsa-
mente nella persona. Allora le passò un braccio
attorno al collo, e piano piano la fece piegare

1 Che cosa fece la Rossa per confortare la madre?
2 Che cosa non aveva capito Nino?

su di sé, fino a quando ebbe il capo della madre posato sulle sue ginocchia. E cosí prese ad accarezzarla sui capelli e sul viso, sempre con lo stesso movimento leggero, proprio come se la madre fosse stata il piccolo Filippo. E finalmente la madre ebbe gli occhi pieni di lacrime, e allora li riaprí e li fissò negli occhi della Rossa cosí vicini ai suoi.

— Come ti senti, madre? — domandò la Rossa. — Ti senti meglio?

— Sí, — disse la madre, e scosse la testa con sconforto. — Ma non ha capito, Rossa. Non ha capito.

ESERCIZI

A   *Ripasso di verbi nuovi e utili.* Completare con la forma verbale corretta, scegliendo il tempo appropriato:

1   Io . . . (decidere) una volta per sempre di non lamentarmi più di queste cose.
2   A che cosa . . . (servire) tutti i tuoi consigli? Lui non ti dava mai retta.
3   Ci . . . (trattare) meglio se sapessero chi siamo.
4   Non hai ancora smesso di . . . (fumare)?
5   Non ti preoccupare! Tu . . . (cavarsela) sempre e . . . (cavarsela) domani.
6   Mi ha chiesto di . . . (spostare) un po' la macchina.
7   Dopo cinque minuti di quelle sue solite storie, noi . . . (andarsene).
8   Voi non . . . (impiegare) bene il vostro tempo ed è per questo che non siete riusciti a completare il lavoro.
9   Mamma, non . . . (prendersela) con me!
10   La povera creatura . . . (ammalarsi) e morì dopo pochi giorni.

B   *Ripasso del congiuntivo.* Completare con la forma corretta del congiuntivo:

1   Vorrei che loro . . . (rendersi) conto dell'importanza di questo.
2   Benché . . . (comportarsi) sempre da gentiluomo, non mi piaceva.
3   Se io . . . (essere) te, non farei una tale sciocchezza.
4   Aspettò che loro . . . (venire) ma non arrivarono.
5   Mi dispiace che ieri tu non . . . (riuscire) a vederlo.
6   Pare che questa volta . . . (toccare) a te.
7   Pensavo che . . . (essere) piuttosto difficile.
8   Non avrebbe risposto così se prima . . . (capire) bene la domanda.
9   È meglio che io . . . (parlare) con lui adesso.
10   Io non capisco perché . . . (succedere) tante cose sgradevoli.

C   *Ripasso della forma impersonale.* Mettere il verbo in corsivo nella forma impersonale:
Esempio: Esse *andavano* oltre Castelmonte.
            Si andava oltre Castelmonte.

1   I soldati *parlavano* con difficoltà.
2   Non siamo buoni come *dovremmo essere.*
3   Ogni domenica noi *andavamo* in campagna.
4   *Dicono* che qui la roba è veramente buona.
5   Tutti *mangiano* bene in quel ristorante.
6   *Sentiamo dire* che gli americani arriveranno presto.

D **Formare degli avverbi dai seguenti aggettivi:**

pieno   possibile
difficile   inutile
diverso   sicuro
differente   disordinato

E **Da discutere:**

1 Pensare alle osservazioni della madre sulla vita e sul nostro destino e poi commentare sul titolo del romanzo: *Le opere di Dio.*
2 Quale significato ha la maniera in cui Nino parte alla fine del racconto?

vocabolario

This vocabulary omits most words which are part of an elementary vocabulary, many of the most obvious cognates, and most irregular verb forms. It includes words which have already appeared on the facing pages.

Unless otherwise indicated, nouns ending in -o are masculine, those ending in -a are feminine. Stress is indicated by a dot under a vowel or accent when it does not fall on the next to the last syllable.

English equivalents are based on the meanings of words in context.

Abbreviations:

adj.	adjective	m.	masculine	prep.	preposition
adv.	adverb	n.	noun	p.p.	past participle
f.	feminine	pl.	plural	refl.	reflexive

A

abbassare to lower
abbastanza enough, sufficiently
abituale habitual, customary
abitudine f. habit
accadere to happen
accanto (a) beside, next to
accarezzare to caress
accendere to light; **accendersi** to light up
accogliere to receive, pick up, gather
accomodare to adjust, situate
accontentare to content, satisfy
accorgersi to become aware of, notice
accostare to bring near
acquietarsi to become quiet
adagiare to lay down
adagio slowly, softly
adatto suitable, appropriate
addolorarsi to grieve
addormentarsi to fall asleep
addosso upon
aereo airplane
affacciarsi to appear, show oneself
affannarsi to be anxious, exert oneself
afferrare to grab, grasp
affidare to entrust, give
affrettarsi to hurry, hasten
agitare to shake; **agitarsi** to become agitated
agitato shaken, excited

aia threshing-floor
aiuto help, assistance
ala (pl. le ali) wing
alba dawn
allargarsi to get larger, spread
allontanarsi to go away
almeno at least
alquanto somewhat, a little
altro: per ____ however
altronde: d' ____ besides, moreover
alzare to raise; **alzarsi** to get up
amareggiato embittered, saddened
amaro bitter
ammaccato dented
ammalarsi to become ill
ammazzare to kill, slaughter
andatura gait, manner of walking
angolo corner
animarsi to cheer up, become lively
annoiato bored
ansiosamente anxiously
antico ancient, old; **all'antica** in an old-fashioned way
anzi and even more than that, in fact
apparire to appear, to look
appena, non appena as soon as
appendere to hang up
appoggiare to lean, rest
appoggiato supported, rested, leaning
apposta on purpose

approfittare to take advantage, profit
arbusto shrub
argento silver
aria air; _____ **preoccupata** worried look
arrabbiarsi to become enraged, angry
arrampicarsi to climb
asciutto dry
ascolto: stare in _____ to listen, prick up one's ears
asfaltato asphalted
asfalto asphalt
aspro harsh
assicurare to assure; **assicurarsi** to assure oneself, make certain
assieme with
assorto absorbed
asta pole
attaccare to attach
attesa expectation
attorno around
attraversare to cross
attraverso across
attrezzo tool
aumentare to increase
autista _m._ driver
autocarro truck
avanti forward, ahead
avvenire to happen, occur
avvertire to inform
avviarsi to start out, begin one's way
avvicinarsi to approach
avvisare to notify
azzurro blue

B

baccello pod
badare to pay attention to, take care of; to care
badile _m._ shovel
barella stretcher
basso low; **in** _____ down below
bastare to be enough, suffice
bastone _m._ stick
battere to strike, hit
becchime _m._ chicken feed
benché although
bere to drink
bestemmia blasphemy
bestemmiare to curse
bestia beast, animal
biancheria linen
biascicare to mumble

bicchiere _m._ glass
bilanciare, bilanciarsi to balance
bisognare to be necessary
bisogno need
bocca mouth
boccale _m._ jug
bordo border, edge
borghese _m._ civilian
brace _f._ ember, live coal
breve brief, short; **in** _____ soon
brontolare to grumble
bruciare to burn; **bruciarsi** to burn oneself, burn out
brutto ugly
buca hole, military bunker
buco hole
bue _m._ (_pl._ buoi) ox
buio dark, darkness; **fare** _____ to get dark
bussare to knock
buttare to throw

C

cacciare to throw
cadere to fall
calare to lower
calcagno heel; **alle calcagna** at one's heels
calcato pulled down, pressed down
calcio kick; **prendere a calci** to kick
caldo hot; **fare** _____ to be hot
calore _m._ heat, warmth
cambiare to change; _____ **idea** to change one's mind
camerata _m._ comrade
camion _m._ truck
camminamento communication trench
cammino road, way; **di** _____ away
campo field
canna cane, reed
cannone _m._ gun
cantina cellar
capello hair; **capelli carota** carrot-colored hair
capitare to happen, occur
capo head
caporale _m._ corporal
capovolto upside down, turned over
cappello hat
caramella piece of candy
carcassa carcass, wreck
carezza caress
caricare to load

carico *n.* load; *adj.* loaded
carità charity; per _____ for heaven's sake
carne *f.* flesh
carota carrot
carrareccia wagon path
carro wagon, cart; _____ armato army tank
cartolina postcard
cascare to fall
cassa box, chest
cassetta box
castigo punishment
causa: a _____ di because of
cavarsela *refl.* to get along
cena supper
cenere *f.* ash, ashes
centinaio hundred
cerca: andare in _____ di to go in search of
cercare (di) to try (to)
cespuglio bush
cesto basket
chiacchierare to chatter, babble
chiaro clear, light
chiarore *m.* light
chiave *f.* key
chilometro kilometer
chinarsi to bend over
chiu sound made by chickens
chiuso closed, shut
ciascuno every one, each one
cibo food
cicala cicada
ciliegio cherry tree
cimitero cemetery
cingolo track (of military vehicle)
cintura waist, belt
ciò this, that
ciottolo pebble
circondare to surround, encircle
cofano hood (of automobile)
cogliere to gather; to take advantage of
cognata sister-in-law
colare to leak out
collina hill
collo neck
colmare to fill up
colonna column
colpa fault, guilt
colpo shot, blow; di _____ immediately
coltello knife
coltivato cultivated
combinare to arrange, come up with
come mai why on earth
commozione *f.* emotion

compassione *f.* pity, compassion
compiacenza self-complacency, self-satisfaction
comportarsi to behave
comunque anyhow
conciliante reconciling
condiscendenza condescendence
condurre to lead
confine *m.* boundary, border
confondersi to become confused; become mixed
consegna consignment
contadino farmer
contare to count
continuo: di _____ continuously
conto: per _____ suo to himself
convenire to agree; to assemble, meet
convincersi to become convinced, convince oneself
convinto convinced
coperta cover, blanket
coprirsi to cover oneself
corda rope, cord
corrente *f.* current
correre to run
corsa race; di _____ in a hurry, in a rush
cortile *m.* yard
coscienza conscience
cosparso scattered, sprinkled
costruire to build
cranio skull
credenza cupboard
crepuscolo twilight
crescere to grow
cucchiaio spoon
cucina kitchen
cucire to sew
cuocere to cook
cuore *m.* heart; sentirsi stringere il _____ to feel pain
cupo deep, gloomy
cura care

D

damigiana demijohn, large wicker-covered vessel
darsi da fare to get busy
davvero indeed, really
debole weak
dente *m.* tooth; denti stretti clenched teeth
dentro inside
deporre to lay down, put down
detonazione *f.* explosion

dipinto painted
dirigere to direct; dirigersi to go toward
diritto right
discosto apart, distant
disgrazia misfortune
disgraziato unfortunate
disperdersi to disperse
disposto willing, inclined
dissetarsi to quench one's thirst
dissolversi to dissolve
disteso spread out, lying
distinguersi to be distinguished
dito (*pl.* le dita) finger; drop (of wine)
divenire to become
diventare to become
diverso different; *pl.* several, various
divisa *n.* uniform
dolore *m.* sorrow, grief
doloroso grievous, sorrowful
dondolare to sway back and forth, totter
dorato golden, gilded
dovere *m.* duty
dritto straight, directly
dubbio doubt
dunque then, consequently
durare to last
duro hard, harsh

E

eccettuato except
egualmente also, equally, still, yet
erba grass
ereditare to inherit
eroico heroic
esitare to hesitate
esposto exposed
etichetta label

F

faccenda matter, affair, undertaking
faccia face
farabutto rascal
fardello bundle
fare to do, make; _____ di sì to nod "yes"; _____ per to start, begin; farsi forza to pluck up courage; farsi male to hurt oneself
farina flour
faro headlight
fastidio annoyance
fatica work, effort, trouble
faticare to work hard

faticoso exhausting, tiring
fatto fact, act, deed
fattoria farm
fazzoletto handkerchief
fermarsi to stop
fermo motionless, still
ferro iron; _____ smaltato enamelled iron
fiamma flame
fiammifero match
fianco side; mettersi al _____ to stand by someone's side
fiasco flask
fiato breath; riprendere _____ to recover one's breath
fidarsi to trust, rely on
fiducia faith
fienile *m.* hay loft
fila row, line; in _____ in a row
filare *m.* row
filo wire, cord; _____ di reticolato barbed wire
fin che, finché until
finire per to end up
fino a as far as
fin(o) da *adv.* from
fissare to fix
fisso fixed
fitta acute pain
fiume *m.* river
fiutare to sniff, smell
focolare *m.* fire-place, hearth
foglia leaf
folata puff, gust
folto thick
fondo bottom; in _____ at the bottom, down below, at the end
forte loud, strong, fast
fortuna luck, good fortune
forza strength, courage
fossa grave
fosso ditch
frantumi *m.pl.* pieces; andare in _____ to be broken into small pieces
frattanto meanwhile
fregare to swindle, fool
frenare to brake
freno brake
fresco fresh, cool; freshness, coolness; farsi _____ to cool oneself off; al _____ in the shade
fretta haste; avere _____ to be in a hurry
friggere to fry
fronte *f.* forehead; *m.* front line
frugare to rummage

frumento wheat; _____ precoce early wheat crop

frutto fruit; frutti fruit, crops, produce

fucile *m.* rifle, gun; _____ mitragliatore tommy-gun

fumare to smoke

fumo smoke

fuoco fire

furbo crafty, sly, wily

G

gaggia acacia

gallina hen

gamba leg

gancio hook

gatto cat

genio division of military engineers

gesto gesture

gettare to throw

giacere to lie

giallo yellow

ginocchio *m.* knee

giocare to play

giogo yoke

girare to turn, turn on

giro turn; in _____ around; lasciare in _____ to leave lying around

giudicare to judge, think

giunco reed

giungere to arrive, reach

giurare to swear

giusto just, right

gola throat

gomma rubber

gonfiare to swell

gonfio swollen

gradatamente gradually

graduato officer

granaio barn, granary

grandine *f.* hail

granturco corn

grasso fat

greto shore, bank

grida *f.pl.* cries, shouts

gridare to call out, shout

grigio grey

grillo cricket

grosso big, full size; parole grosse coarse, vulgar words

grugnire to grunt

guancia cheek

guardia guard; di _____ on guard; fare la _____ to stand guard

guasto spoiled, wrecked

guerra war

guidare to guide

guidatore *m.* guide, leader

I

impiegare to employ, spend

importare to matter, be of importance

imposta shutter

improvviso sudden, unexpected; d' _____ suddenly

impugnatura handle

impuntarsi to stop

incespicare to stumble

inchino bow

incitare to urge, incite

indietro behind, backwards

indirizzo address

indurito hardened, stiffened

inferiore lower, inferior

infilare to put on; infilarsi to slip into

infilzarsi to be run through

infine at last, finally

influire to influence

infuori outside

infuriato furious

inghiottire to swallow

inginocchiarsi to kneel

ingiusto unfair, unjust

ingombro packed full

ingordamente eagerly, greedily

ingrossato enlarged

innanzi before

inoltre besides

inondazione *f.* flood, deluge

inquietudine *f.* uneasiness

insieme together

intanto meanwhile, in the meantime

intendere to understand

interno interior, inside

intero entire

interruttore *m.* light switch

intervenire to intervene

intorno around

inutile useless, futile

involto package, bundle

irrigidirsi to stiffen

irrigidito stiffened, rigid

istante *m.* instant, moment

istupidito stupified, dazed

L

là there; al di _____ beyond

labbro lip

lacrima tear

lamentarsi to complain
lampadina light bulb
lampo flash, lightning
largo wide, broad
lasciare to leave
lato side
lavorare to work
lavoro work
legare to tie
legato tied, bound
legno wood
lentezza slowness
lento slow, slowly
letto bed
levarsi to get up
libero free
lieve light, slight
limpido clear
linea line, battle line
lineamento feature
lingua language
lottare to struggle, fight
luce *f.* light
lume *m.* lamp
luminoso shining, bright
lungo *prep.* along; *adj.* long;
  a _____ for a long time

M

macchia spot; thicket; _____ d'alberi
  clump of trees
magari even, perhaps, maybe, even
  if, if only
magazzino storehouse
maggiore eldest, greater
maiale *m.* pig
malattia illness, disease
maledetto cursed
maledire to curse
malgrado in spite of, despite
malvolentieri reluctantly
mancare to fail, be lacking; _____ il
  cuore to have one's heart sink
mandare to send, emit
mano hand; man _____ slowly,
  little by little; dare una _____ a to
  help, give a hand to
maresciallo marshal
marmellata jam
mascella jaw
massa mass, bulk
materasso mattress
maturare, maturarsi to ripen,
  mature
mazzo bunch, bouquet
meglio better

meno less; except; fare a _____ di
  to do without
mente *f.* mind
mento chin
meritare to deserve
metà half; a _____ halfway; fare a
  _____ to divide in half
metro meter
mettere to put; _____ sotto to run over;
  mettersi to put oneself, begin
mezzogiorno noon; south
mica not at all, hardly
mietere to harvest
migratore *m.* settler, migrant
militare *m.* soldier
mina mine
minato mined
mite mild, gentle
mitragliatrice *f.* machine-gun
mobile *m.* piece of furniture
modo way, manner; in tutti i modi
  anyhow, in any case
moglie *f.* wife
monte *m.* hill
mosca fly
moschetto gun, musket
mosso (*p.p. of* muovere) moved
mostrare to show
motivo motive, reason
motocicletta motorcycle
motore *m.* motor
mozzo wheel-hub
mucchio heap, pile
mungere to milk
mungitura milking
muoversi to move
muro wall

N

narice *f.* nostril
nascondere to hide
neanche not even
nebbia fog, haze
nemico enemy
neppure *adv.* not even
nipote *m., f.* grandson, grand-
  daughter; niece, nephew
noce *m.* walnut-tree
nodo knot
nonna grandmother
nonno grandfather
nord *m.* north
notare to note, notice
notizia news
novello young
nuovo new; di _____ again

nụvola cloud

O

occhiata: dare un' _____ to glance
oltre besides, in addition to; beyond
ombra shade, darkness, gloom
opaco opaque
opposto opposite
oppure or, or else
orẹcchio ear
orgoglioso proud
orizzonte *m.* horizon
orlo edge
ormai now, by this time
oro gold, gold jewelry
orolọgio da polso wrist watch
osare to dare
oscurità darkness
ostentatamente ostentatiously,
   affectedly
ostinarsi to persist
ostinato stubborn, headstrong
ostinazione *f.* stubbornness
ottimista *m., f.* optimist

P

pacato calm
pace *f.* peace
padella pan
padrona mistress, boss
padrone *m.* master, boss
pạglia straw
pạio pair, couple
palata shovelful
pallina little ball
panca bench
pạncia belly
pantaloni *m. pl.* trousers
parecchi *m. pl.* several
parere to seem, appear; *m. n.*
   opinion
parte *f.* part; a _____ besides; da
   una _____ on one side, in one
   place, locality
pascolare to graze
passo pace, step
pastone *m.* mash, bran-water
patimento suffering
patire to bear, suffer
peccato sin
pẹggio worse
pelle *f.* skin
pena pain, distress
penare to suffer
pendice *f.* slope
penoso difficult, painful

pensiero thought; sopra _____
   thoughtful, uneasy
pensieroso thoughtful, pensive
penzolone dangling
percepire to understand
perciò therefore
perdurare to last, continue
perfino even, also
perịcolo danger
però but, nevertheless, yet
pesante heavy, tiresome
pesare to weigh, lie heavy
pesca peach
peso weight
petto breast, chest
pezzo piece; (a) while; da un _____
   for some time
piagnucolare to whimper, whine
piạngere to weep
piano *adv.* softly, slowly; *n.*
   floor, bottom
piantare to plant, sow
piatto dish
picchiare to hit, beat
piede *m.* foot; in piedi standing
piegare to fold, turn; piegarsi to
   bend over, buckle
pieno full
pietra stone
pigro lazy
piọggia rain
pisello pea
piuttosto rather
placato appeased
poco little; a _____ a _____ little
   by little, slowly
poiché since
pollaio chicken yard
pollame *m.* poultry, chickens
pollo chicken
pọlvere *f.* dust
ponte *m.* bridge
pọpolo people, population, race
porcile *m.* pig-sty
portare to carry, lead
portone *m.* door
posa pause; senza _____ unremit-
   tingly, constantly
posare to lay, place
posate *f. pl.* silverware
posto place
pozzo well
prạtica: in _____ in practice, in fact
premura haste, hurry; aver _____
   to be in a hurry
prẹndere to take, get; _____ a calci to
   kick; prẹndersi overtake;

prendersela (con) *refl.* to blame, to get angry at

preoccuparsi to be preoccupied, to worry

presso near, by

presto soon, quickly; fare _____ to hurry, make haste

prete *m.* priest

prevedere to foresee

principio beginning; principle; da _____ from the beginning; in _____ at first

profugo refugee

proiettile *m.* projectile

prontezza: con _____ quickly

pronto ready

proposta proposition

proprio *adv.* exactly, precisely, quite, really; *adj.* own

proseguire to continue

provare to try

provincia province

prudente prudent, cautiously

pugno fist

punire to punish

puntellato propped, supported

punto point, place; essere sul _____ di to be on the verge of

può darsi perhaps, it is possible

pure even, too

puttana whore, prostitute

Q

qualsiasi any, whatever, of any kind

quarto quarter

quindi afterwards, in consequence of

R

rabbia anger

rabbioso enraged, furious

raccogliere to gather, pick up; raccogliersi to gather together

raccolta gathering, collecting

raccolto crop, harvest

raccomandare to recommend, beg (of)

radice *f.* root, source

rado sparse, rare

raggiungere to overtake, reach

raggrupparsi to assemble

ragionare to talk, discuss, reason

rame *m.* copper; rami kitchen utensils

rammarico regret, sorrow

ramo branch

rana frog

rappreso coagulated

rassegnato resigned

razza race, kind

recarsi to go

regolare to adjust

reintegrato reinstated

rendersi conto di to realize, be aware of

reparto military division; unit

respiro breath, breathing

restituire to give back

resto remainder; del _____ moreover, besides; tutto il _____ everything else; resti *m.pl.* mortal remains

reticolato barbed wire fence

richiamare to call, recall

richiamo call

ricordo keepsake, memory

ricurvo curved, bent

ridotto reduced, ended up

riempire to fill

rientrare to come in again

riflesso reflection

riguardo a with regard to

riluttante reluctant

rimanere to remain, be left

rincorrere to run after

rincrescere to regret, be sorry

rinfusa: alla _____ confusedly

rinunciare to cease, give up

ripiegare to fold again

riporre to replace

riposarsi to rest, lie down

riprendere to take again, resume; riprendersi to recover, revive

rischiarare to illuminate

risorgere to rise, rise again

risuonare to resound

ritorno return; venire di _____ to return

ritrarre to withdraw, draw back; ritrarsi to draw back

riuscire to succeed

riva bank, shore

rivolgersi to turn to, address

roba things, goods, stuff

rompere to break

ronzio buzzing

rotto broken, worn out

rovesciato overturned, upside down

rovinare to ruin, destroy

ruga wrinkle

rumore *m.* noise

ruota wheel

ruvido harsh, rude
ruzzolare to tumble down

S

saggezza wisdom
sagrato churchyard
salire to climb, go up, rise
salita hill, slope
saltare to jump; to explode, blow up
salto jump, leap
salutare to greet
salvare to save, rescue
sangue *m.* blood
sasso stone
sbagliato mistaken, wrong
sbattere to slam
sbrigarsi to hurry
scala stairs
scannare to slaughter
scappare to run away
scarpa shoe
scarpata bank, slope
scarso scarce, scanty
scartare to discard; to swerve, skid
scatola box, container
scatto: di ____ suddenly
scavare to dig
scegliere to choose
scendere to go down, hang down
schiacciarsi to be crushed
schiarirsi to clear up
scivolare to slide
scommettere to bet
sconforto discomfort
sconosciuto unknown
sconsolatamente disconsolately, sadly
scopa broom
scopare to sweep
scoppiare to explode
scoppio explosion
scorgere to perceive
scorrere to run
scottare to burn
scuotere to shake; scuotersi to stir, rouse oneself
scuro dark; fare ____ to get dark
sdraiarsi to lie down, stretch out
secchio pail
secondo *prep.* according to
sedersi to sit down
sedia chair, seat
sedile *m.* seat
seggiola chair, seat
segno sign
seguire to follow

seguito: di ____ in succession
selvatico wild
seno bosom, breasts
senso feeling, sense
sentiero path
sentire to hear
sentirsi to feel
seppellire to bury
sergente *m.* sergeant
serio serious, seriously
servire to serve, be useful
sete *f.* thirst; aver ____ to be thirsty
settentrione *m.* north
severamente severely, harshly
sfasciato smashed, wrecked
sforzarsi to force oneself
sforzo effort
sgombrare to evacuate
sgombro cleared, unencumbered
sguardo look
sibilo hissing
siccome since, because
sicuro safe, sure, certainly; al ____ under shelter, in safety; di ____ certainly
siepe *f.* hedge
simile such
slegare to untie
smaniare to be in a frenzy
smettere to cease
smosso moved, dug up
soffitto ceiling
sognante dreamy
soldato soldier
soldi *m.pl.* money
solenne solemn
sollevare to raise, lift
sommessamente softly
sommità height, summit
sonno sleep
sonnolento drowsy, sleepy
sonnolenza drowsiness
sopportare to endure, tolerate
soprabito overcoat
sopraggiungere to overtake, come up (to)
soprattutto above all, especially
sorgere to get up, to rise
sorpassare to pass, surpass
sorridere to smile
sorriso smile
sospirare to sigh
sosta pause, rest
sostare to pause, stop
sottana skirt, petticoat
sottile fine, thin